Ulrike Wolitz (Hrsg.)

OZEAN LICHT

Ulrike Wolitz (Hrsg.)

OZEAN LICHT

Festgabe für
Silja Walter
zum 90. Geburtstag

Paulus Verlag

Diese Festgabe wurde publiziert mit Unterstützung von:

Einwohnergemeinde Würenlos
Katholische Kirche im Kanton Zürich
Römisch-Katholische Zentralkonferenz der Schweiz
Römisch-Katholische Kirche im Aargau
Regierungsrat des Kanton Aargau.

Bibliografische Information der Deutschen Nationalbibliothek
Die Deutsche Nationalbibliothek verzeichnet diese Publikation
in der Deutschen Nationalbibliografie;
detaillierte bibliografische Daten sind im Internet
über http://dnb.d-nb.de abrufbar.

Alle Rechte vorbehalten
© 2009 Paulusverlag Freiburg Schweiz

Frontispiz: Foto Liliane Géraud
Umschlag und Layout: Sabine Furrer Bill

ISBN 978-3-7228-0765-2

Inhalt

Ozean – Licht	7
Silja Walter	
Ein Wort zuvor	
Ulrike Wolitz	9
Es gratulieren:	
Leni Altwegg	10
Joseph Bättig	12
Uwe Appold	16
Peter Buff	18
Elazar Benyoëtz	22
Anton Cadotsch	28
Ines Brunold	32
Ernst Eggenschwiler	36
Beatrice Eichmann-Leutenegger	38
P. Theo Flury	40
P. Angelus A. Häußling	45
Priorin Irene Gassmann	48
Ruth Geiger-Pagels	50
Sr. Silja Greber	54
Malgorzata Grzywacz	56
Philipp Glutz	60
Josef C. Haefely	62
Werner Hahne	64
Maria Hafner	69
Margrit Huber-Staffelbach	72
Christoph Hürlimann	74
Corinna Jäger-Trees	76
Gunter Janda	82
Leo Karrer	84
Elisabeth Ledergerber	86
Christian Kelter	90
Martin Klöckener	92
Bischof Kurt Koch	98

Toni Kramer	102
Georg Langenhorst	104
Sr. Ruth Ochmann	106
Ernst Pfiffner	108
André Revelley	114
Max Röthlisberger	120
Carl Rütti	122
Paul Rutz	130
Regine Schindler	134
Barbara Schlumpf	136
Michèle Scholl-Walter	140
Abt em. Christian Schütz	142
Paul Schwaller	146
Simone Staehelin-Handschin	148
Sue Suter	150
Hans Thomas	152
Peter von Felten	154
Thomas Wallner	156
Franz Walter	158
P. Patrick Weisser	160
Abt Martin Werlen	162
Abtprimas Notker Wolf	164
Verena Zehnder	166
Erzbischof Robert Zollitsch	168
Autorinnen und Autoren	171
Silja Walter – Biographische Daten	181

Ozean Licht

Das brennende Leben
    braust wieder
    hernieder.
Ozean Licht
in die Nacht.
    Halleluja.

O armer Mensch
    Jesus,
Du hast das
    gemacht –
Ozean Gott!
    Halleluja.

Brennend und sacht
    zugleich
    kommt nun zu uns –
Ozean Liebe,
    dein Reich!
    Halleluja.

(Gesamtausgabe VIII, S. 456)

Ein Wort zuvor

«Alles, was ich schrieb und schreibe, ist Biographie.» Während Silja Walter im Frühling 2008 mit bewundernswertem Elan begonnen hatte, auf ihre Lebensgeschichte und ihre «Schreibgeschichte» zurückzublicken und sie in die Form einer spirituellen Biographie, als «Meine Heilsgeschichte» ins Wort zu fassen, wurden etwa zeitgleich heimlich die ersten Planungen für diese Festgabe zu ihrem 90. Geburtstag getroffen.

Dabei ergab es sich, dass die eine oder andere Gestalt aus dem Manuskript der entstehenden Autobiographie von der Biographin quasi unbemerkt und unvorhergesehen «heraustrat», die eigene Erinnerung befragte und selbst das Schreibwerkzeug in die Hand nahm. In Klausur leben heißt ja nicht, mit der Welt nichts mehr zu tun haben. Vielleicht zieht vielmehr eine klausurierte Nonne die Welt erst recht an, wenn sie für sie schreibt.

Exemplarisch für die vielen bekannten und unbekannten Personen, die in irgendeiner Weise Silja Walter begegnen, mit ihr zusammenarbeiten oder mit ihrem Werk in Berührung kommen konnten, haben es 52 Autoren unternommen, durch einen Text Silja Walters hindurch einen Akzent im Portrait der schreibenden Benediktinerin zu zeichnen. Ihre Beiträge bestehen daher aus zwei Teilen: Sie legen einen Werkausschnitt der Jubilarin zugrunde und treten dazu mit ihren eigenen Zeilen in Beziehung. In verschiedenen Erinnerungen, Aspekten, Sichtweisen und Interpretationen zeichnen sie ein buntes und dynamisches, ja jugendliches Portrait der Dichterin Silja Walter.

Indem die Festgabe sich auf diese Weise mit dem dichterischen Werk Silja Walters in einen kreativen Dialog einlässt, versteht sie sich nicht nur als Fest-Gabe der Gratulanten und Gratulantinnen, sondern auch als Dank-Gabe aller, die im großen dichterischen Werk der Benediktinerin aus dem Kloster Fahr das Brausen des Dreifarbenen Meers – des Ozean Licht – Ozean Gott – Ozean Liebe – vernehmen. Gerne drücken wir in dieser zeichenhaften Hommage Silja Walter unsere Wertschätzung aus, verbunden mit dem Wunsch, dass der Ozean Gott noch lange, lange, leise, brennend und brausend ihre Zelle und ihre Zeit erfüllt.

Ulrike Wolitz

Alle sind Gomer

Gomer ist alle
Alle sind Gomer
ich bin auch Gomer
Diblajims Tochter
eine Nonne ist immer Gomer.
Gomer muss ja doch
zurückkehren
zu ihrem ersten Mann.
Eine Nonne kehrt immer
heim.

*(Aus «Der Tanz des Gehorsams»,
Gesamtausgabe II, S. 81)*

Erste Begegnung

Es war mir ein wenig mulmig zumute, als ich zum ersten Mal das Kloster Fahr betrat. Kloster Fahr – das hieß: Silja Walter, Nonne und Dichterin, oder Dichterin und Nonne? – auf jeden Fall eine berühmte Frau, katholisch, wie katholisch? Ein Gemeindeglied hatte sie in einem Anfall von Verwirrung aufgesucht und ihr von mir gesprochen. Ich – Gemeinde-Pfarrerin, reformiert bis in die Knochen. «Schwester Hedwig erwartet Sie», war mir am Telefon gesagt worden. Alles war dann ganz einfach, wir waren uns sofort sympathisch, und sie lud mich ein, doch öfter zu kommen – mich, trocken, eher amusisch, wie ich mich diesem quirligen Charisma gegenüber fühlte!

Sie machte es mich schon bei der zweiten Begegnung vergessen. Sie las mir vor, woran sie gerade dichtete: «Tanz des Gehorsams oder die Strohmatte». Ich war hingerissen, fühlte mich sofort hineingenommen in das Leben und Werden dieser Frau Gomer – Dirne, Ehefrau von Hosea, von Gott seinem Propheten aufgedrängt als Verkörperung des ungetreuen und doch geliebten Volkes Israel. Gomer, die Dirne. «Ich bin Gomer», sagte die Nonne Silja Walter, «alle sind Gomer.» Mir laufen beim Zuhören die Tränen. Ich hatte kurz vorher den Film «Die Milchstraße» von Bunuel gesehen, und er hatte mich sehr beschäftigt, vor allem das Frauenbild, das darin immer wieder aufscheint, wechselweise Madonna und Prostituierte. Auch in der Tiefenpsychologie war ich einem ähnlichen Zusammenhang begegnet.

Und nun das. Ich bin Gomer. Wir alle sind Gomer. Und Gomer ist von Gott bestimmt, Zeichen des Menschseins zu werden, in Untreue und Verworfenheit, aber dann verwandelt durch die Liebe und Treue Gottes, zurückgebracht zu ihrem Ursprung in ihm. Ihre Geschichte wird in den Versen von Silja Walter zu ihrer eigenen Kloster-Geschichte – leidenschaftlich gelebt, erlitten, ausgehalten im Gehorsam des Kloster-Alltags, hin zu immer größerer Nähe zu dem, was für sie zählt.

Und dessen Liebe letztlich das Einzige ist, was für sie zählt.

Bald vierzig Jahre sind es seit jenem ersten Besuch im Fahr. Gomer ist mir die liebste von Silja Walters Dichter-Gestalten geblieben. Wir haben damals viel über sie geredet: theologisch, menschlich, schwesterlich. Über Gomer und alle die andern, vor allem biblischen Gestalten, die ihr Werk seither bevölkern, haben wir uns ausgetauscht. Die Faszination Bibel ist wohl das, was uns als so verschiedene Menschen wesentlich zusammenbindet und immer wieder bereichert – Danke, Silja!

Leni Altwegg

Korallenlied

Abends lös' ich beide Spangen
Meiner Kette aus Korallen.
Was vom Tage ich empfangen,
Möge klingend niederfallen.

Dass nicht Hände, Herz und Linnen
Mitternachts noch blühn und bangen,
Weil in meinen tiefsten Sinnen
Schimmernde Gesichte hangen.

Mög mich Gott im Traum behüten.
Leise lös' ich die Korallen,
Und wie muschelrote Blüten
Glühn und löschen sie und fallen.

(Gesamtausgabe I, S. 30)

Zwischen Tag und Traum...

Wer ist dieses Ich, das abends den Verschluss seiner Korallenkette löst, damit sie klingend auf den Boden falle? Lässt der Text innerhalb seiner drei Strophen einen Raum frei, der es erlauben würde, uns die Person genau vorzustellen, die das Korallenlied singt? Offensichtlich stellt sich das Gedicht selber vor jede allzu realistisch gestellte Rückfrage. Eine Korallenkette ist zwar vorstellbar, auch andere eingefügte Begriffe wie «Hände», «Herz», «Linnen» oder «Blüten» entziehen sich nicht grundsätzlich unserem Einbildungsvermögen, eher drängen sie sich wegen ihrer Vertrautheit geradezu auf. Doch sobald wir versuchen, sie im vorgegebenen, textlich bedingten Zusammenhang ins optisch Genaue umzusetzen, sind wir auf unsere eigene Bilderwelt angewiesen. Und gerade davon will dieser Text nichts wissen, oder genauer ausgedrückt: kann er nichts mehr wissen wollen. Es geht hier offensichtlich um Tieferes, um Grundsätzlicheres.

Bereits das «klingende Niederfallen» der Korallenkette in der ersten Strophe entzieht sich unserer gewohnten Vorstellung. Wer lässt schon vor dem Einschlafen seine Korallenkette bewusst zu Boden fallen? Schmuck gehört versorgt, und dafür gibt's Schmuckkästchen oder zumindest Tablare. Auch sind wir keineswegs stumme Zeugen einer einmaligen, zufällig verspielten Unachtsamkeit. Das bewusste Fallenlassen der Schmuckkette hat sich offensichtlich seit einiger Zeit so eingespielt, dass der Vorgang zu einem allabendlich wiederholten Ritual vor dem Einschlafen wurde: nicht erst heute Abend und zum ersten Mal, sondern «abends» schlechthin. Die Gedanken, die sich seither beim Lösen der Kette gebildet haben, sie sind inzwischen zu einem Lied geworden, dem wir uns durch alle drei Strophen mit ihrem sicheren, ruhig gefestigten Rhythmus des vierfüßigen Trochäus gerne anvertrauen.

Die Frage, was denn eigentlich mit den Korallen gemeint sei, wenn sie für die Dichterin mehr oder anderes sind als realistisch getragener Alltagsschmuck, kann uns nicht gleichgültig lassen. Gleich die erste Strophe vertraut uns die Lösung an. In der Korallenkette sammelten sich die Erfahrungen des heute vergangenen Tages. Sie müssen abgelegt werden, zu Boden fallen, denn nicht mehr der Tag, sondern die Mitternacht der zweiten Strophe muss jetzt bestanden werden. In ihrer Mitte lebt die die Zeit der inneren Visionen, der «schimmernden Gesichte», die noch immer an das «Blühn und Bangen» des Tagesgeschehens erinnern.

Die «schimmernden Gesichte» werden bald durch die Bilder des Traums abgelöst. Sie stehen außerhalb der vernunftgesteuerten Alltagskontrolle. Darum die Bitte: «Mög mich Gott im Traum behüten», damit der Durchbruch ins existenziell Wesentliche gelingen kann. Wenn es glückt, die bedingte Welt des Alltags abzustreifen, dann ist es ein Geschenk der Gnade. Man beachte

Korallenlied
———————

Abends lös ich beide Spangen
Meiner Kette von Korallen. -
Was vom Tage ich empfangen,
Möge klingend niederfallen, - -

Dass nicht Hände, Herz und Linnen
Mitternachts noch blühn und bangen,
Weil in meinen tiefsten Sinnen
Schimmernde Gesichte hangen.

Mög mich Gott im Traum behüten. -
Leise lös ich die Korallen,
Und wie muschelrote Blüten
Glühn und löschen sie und fallen.

*

deshalb, wie behutsam die Spangen gelöst werden. Betont die erste Zeile des Gedichts mit: «Abends lös' ich beide Spangen» noch das sich wiederholende Ritual, heißt es nun in der zweiten Zeile der letzten Strophe: «Leise lös' ich die Korallen.» Es ist ein Frei-Werden ohne asketischen Zwang und so ein Sich-Anvertrauen an das höhere Geheimnis Gottes, das jede Alltagserfahrung und damit auch jede Symbolik der Muschelkette übersteigt.

Silja Walter schrieb dieses Gedicht vier Jahre vor ihrem Eintritt ins Kloster Fahr. «Das Korallenlied» beschließt die erste Gruppe der «ersten Gedichte», die 1944 im Ilionverlag Olten und ab 1950 im Arche Verlag Zürich erschienen sind. Sie begründeten Silja Walters frühen Ruhm als eine der bedeutendsten und originellsten Lyrikerinnen der Gegenwart.

Joseph Bättig

Geweihte Asche

Geweihte Asche
im Haar
meine Tasche
voll toter weißer und roter
Gebete
die brennen nicht mehr
auch wenn ich sie schüttle
und knete
Dort draußen
mein Herz
In einer verschlossenen
Flasche
die immer nicht schmilzt
treibt es
im brennenden Meer.

(Gesamtausgabe VIII, S. 85)

Für Silja

Strandsand aus Schweden
Asche
Frauenhaar
Acrylfarbe
Blattgold
50 x 50 cm
2008

Uwe Appold

Und so gehen wir

Und so gehen wir und gehn wir
 dahin
im kristallenen Fluss
aus der Goldstadt

in dem jeder tote Fisch
aufspringen
und singen
muss

zur Hochzeit des Lammes
gehn wir und gehn wir
nach Hause

*(Aus «Die sieben durchsichtigen Tage»,
Gesamtausgabe X, S. 71)*

Liebe Schwester Hedwig

Ihr Radio-Gespräch mit Ihrem Bruder Otto F. Walter, das als Buch «Eine Insel finden» seinerzeit im Arche-Verlag erschienen war, bewog mich, mit Ihnen 1984 Kontakt aufzunehmen. Aufgrund biographischer Ereignisse gründete ich damals den Jordan-Verlag, einen im weitesten Sinne christlichen Buchverlag.

Ich bat Sie im Frühjahr 1984 um einen Termin bei Ihnen im Kloster Fahr und bekam ihn umgehend. Wie verwandelt verließ ich nach dem zweistündigen Gespräch mit Ihnen das Kloster. Wir fanden sofort einen gemeinsamen Draht zueinander, Sie, die katholische Nonne und Autorin, und ich, der um eine Generation jüngere reformierte, nebenamtliche Verleger. Was war da wohl unser kleinster, gemeinsamer Nenner, damals und heute? Etwa Christus? Auf jeden Fall hatten wir aus meiner Sicht ebenfalls – nicht nur verlegerisch – «eine Insel» in dieser Welt gefunden, wie Sie das Jahre zuvor mit Ihrem berühmten Bruder Otto F. Walter schafften, den Sie im Gespräch mit mir stets zärtlich «Otti» nannten.

Immer wieder fiel mir auf, wie Sie «hinter Klostermauern» sehr wohl wussten, was «draußen» ablief. Und dies, obwohl Sie das Kloster Fahr lediglich verließen, wenn Sie jeweils den Arzt oder den Optiker aufsuchten oder neue Schuhe brauchten, wie Sie mir einmal erklärten.

Ihre dichterischen Texte weisen eine immense spirituelle Tiefe auf. Es ging und geht Ihnen in jeder Beziehung um das Wort. Später merkte ich, wie sehr Sie sich als Autorin zurücknahmen. In manchen Ihrer Bücher heißt es am Schluss jeweils geheimnisvoll «UIOGD» (Ut in omnibus glorificetur Deus, auf dass in allem Gott verherrlicht werde). Diese von Ihnen verwendeten Worte Benedikts von Nursia beeindrucken mich bis heute.

Gleichsam unter diesem Motto durfte ich folgende drei Werke von Ihnen im Jordan-Verlag publizieren, die nach wie vor lieferbar sind: Den «Achten Tag», ein Schauspiel, das in der Kirche, neben Altar bzw. Taufstein, durch André Revellys Theater 58 ab 1984 aufgeführt wurde. Welch faszinierende literarische Idee: Die Kirche als Bühne! 1985 folgten «Die sieben durchsichtigen Tage»: ein literarisch harmonischer Meditationsband rund um das christliche Glaubensbekenntnis, den biblischen Schöpfungsbericht und Ihre persönlichen Glaubenserfahrungen. 1988 veröffentlichten wir – in einigen Auflagen – «Mein Gebetbuch» mit dem Untertitel «Gebete nicht nur für Kinder», das eine große Bibelnähe ausstrahlt. Zugleich dringt in diesen Kindergebeten Ihre immense poetische Gestaltungskraft durch.

Ihre beiden nebenstehenden Gedichte zeigen, dass wir alle auch den Tod – gewissermaßen als Teil erfüllten Lebens – vor Augen haben. Allerdings keinen Tod des Schreckens, wie wir hoffen, sondern ein Sterben des möglichst

Der Abend will sich senken

Der Abend will sich
senken.
Jetzt muss ich an Dich
denken.
Wo wohnst Du,
lieber Gott?

Seh' ich die Sterne
brennen,
dann möchte ich Dich
kennen.
Wer bist Du,
lieber Gott?

Wenn nachts die Bäume
rauschen,
dann muss ich nach Dir
lauschen.
Was tust Du,
lieber Gott?

Einst wirst Du Dich mir
zeigen.
Wo alle Dinge
schweigen,
da bist Du,
lieber Gott.

Amen.

*(Aus «Mein Gebetbuch»,
Gesamtausgabe IX, S. 411)*

angstfreien Übergangs. Und vergessen Sie Folgendes nicht, liebe Schwester Hedwig: Augenzwinkernd haben wir uns schon vor Jahren – beide mit viel diesseitiger Arbeit eingedeckt – «gelobt», dass wir im Jenseits die Apostelgeschichte des Lukas, als Kinderbuch von Ihnen verfasst, im Jordan-Verlag herausbringen würden

In diesem Sinne: Alles Liebe und Gute, sowie Gottes reichen Segen zu Ihrem 90. Geburtstag und noch einige erfüllte, diesseitige Jahre wünscht Ihnen Ihr dankbarer

Peter Buff

Silja Walter, meine Schwester Hedwig

Man muss sich bewegen, ist man auch nicht gezwungen, alle seine Bewegungen auszuführen. Was man tut, ist schon das Müssen, nur ohne Sturm und Drang.

Silja Walter ist nun alt. Altersbilder von ihr gibt es schon lange; kaum eines gibt ein Bild von ihr, das tun allein ihre Werke, die vom Alter nichts zu wissen scheinen, auch wenn sie mitunter weise davon sprechen. Die Bücher zeigen das Bild eines aus sich sprudelnden, von sich wegtanzenden und nur in Gott ruhenden Menschen, der mit seinem ganzen Tun und Lassen im Geiste lebt und in einer heimlichen, auch unheimlichen Freude, die weder gott- noch leibverlassen ist.

Silja Walter hat ihren Jugendüberschwang, ihren ganzen Jungbrunnen zweimal gut deponiert und in Schutz gebracht: im Kloster und im Altersbild.

Auf Silja Walter war ich vorbereitet. Durch drei wichtige Freundschaften meines Lebens. Annette Kolb war eine katholische Dichterin von Rang, sie trug mit sich schwere, auch schmerzvolle Erfahrungen aus dem Kloster. Politisch aufgeweckt, musikalisch durchtrieben, stark im Glauben, «aber nicht fromm», war sie zu manchem Abenteuer aufgelegt. Doch ohne es sein zu wollen und ohne es gewesen zu sein – eine Nonne.

Elisabeth Thomas, eine Schönheit zu Ross, stieg ab vom Ross, und klopfte bei den Karmeliterinnen in Köln an. Dort ward ihr das Tor geöffnet, doch durfte sie nicht hinein, weil ein Tag vorher Edith Stein durch dieses gegangen war: das Maß war voll.

Und dann die Kirchenrätin aus dem Thurgau: Hilde Schultz-Baltensperger, die mir Silja Walters «Gesammelte Gedichte» (neue, ergänzte Auflage, 1972) schenkte: Weinfelden, 25.3.82. Das war die entscheidende Begegnung mit Silja Walters Lyrik. Nicht entscheidend, aber in guter Erinnerung blieb die erste Begegnung mit zwei ihrer Gedichte in der Anthologie *Deutsche Lyrik seit 1945,* die mir der Herausgeber, Hans Bender, 1963 in Köln geschenkt hatte.

Halbverdaute Lektüren werden weggespült, aufgesagte Lieder, eingeprägte Texte schwimmen bachab, man glaubt sie zu vermissen und ist oft erleichtert; manchem Wort trauert man lange nach, eine Verheißung lag in ihm.

Vergessen gehört zum täglichen Werk, auch ganze Gedichte werden vergessen, eine einzige Strophe aber nicht. Gegen die Strophe ist kein Vergessen gewachsen, so zufällig ihr Vorkommen auch sein mag:

«Wie reiten tief die Vögel!
Sie lassen vom Winde sich drehn.

Der Regen zerschlägt die Segel,
Mich lässt er stehn.»

Vom Wind verschont und doch auch stehengelassen. «Die Vögel reiten tief» – sie, Silja Walter, wird die Vögel reiten. Die Gefahr, alle Farben vermatteten hinter den Mauern. Silja Walter hütete ihre Farben, blasser wurden andere Dinge, denn Kloster erfordert eine Blässe. Man muss sich nicht mehr genieren, man muss nicht erröten, sich nicht schämen, man wird intim mit seiner Unzulänglichkeit und legt auch sie vor dem Altar hin. Die Ordnung schützt die Routine vor der Geläufigkeit. Man geht seinen beschlossenen Weg und immer geradeaus oder schlägt seine Runden.

Die Gedichte, die ich liebte, stehen in den *Gesammelten Gedichten*, das Buch aber, dem meine Liebe gilt, ist «Der Tanz des Gehorsams oder Die Strohmatte». Ein Buch, in seiner Einfachheit und Kühnheit gleich echt, in Aufschluss und Einsicht gleich hell.

Alles Für des Buches ist eindeutig, aber es enthält auch das Wider, und dieses gilt der früheren Dichtung. Auch im Blick darauf, und nicht nur als Nonne, ist sie Gomer, «die Tochter Diblajims» (Hosea 1,1–3). «Eine Nonne ist immer Gomer», aber Nonne muss man erst werden, ist man Nonne geworden, dann war man schon immer Gomer gewesen.

Klein hingesprochen, ist es die große Erkenntnis. Eine Nonne kann nicht anders, als immer Gomer gewesen zu sein, gespalten zwischen Ursprung und Ziel, denn freilich «kehrt eine Nonne immer heim», Gomer aber ist vor allem eine heimentlaufene.

In ihrer Lyrik weiß Silja Walter viel von der Dichtung, im Gehorsam schon fast alles über sich, man muss sie nicht mehr bewundern, auch nicht mehr lieben, man kann mit ihr leben, denn sie spricht nur von sich, aber in der Sprache der Mitteilung, die um Anteilnahme ohne Anstrengung wirbt. Sie spielt oder tanzt etwas vor, allein auf der Bühne, der Saal ist leer, aber der Zuschauer ist da. Und im leeren Raum die ausgerufene Teilnahme.

Über Gomer habe ich mit Silja öfter telefoniert, mich vergewissernd, ich spräche auch wirklich mit Gomer. Und immer hatte sie mir das bestätigt und mit einer Leidenschaft, die über den Buchdeckel stieg, als wärs die Klostermauer.

Ich kann nicht umhin, ich liebte Gomer. Das war die Zeit, in der wir einander nahe kamen und auch nah waren. Ich habe fast jede Woche im Kloster angerufen, und sie wird auf meinen Anruf auch gewartet haben. Das waren goldige Momente in meinem hebräischen Alltag. Das hörte irgendwann auf. Das *Aufhören* bedeutet immer einen musikalischen Wink.

Begonnen hatte es mit dem ausgesprochenen Wunsch des Pastors Paul Rutz, eben gerade als Dompfarrer nach Solothurn berufen, einen Abend mit mir und den Singknaben im Dom zu veranstalten, er sollte etwas Großes werden, denn an etwas Ähnlichem hatte er in Jerusalem Anteil genommen. Es wurde ihm zum unvergesslichen Erlebnis, es war in der Dormitio, auf dem Berg Zion, ich las aus meinem Buch «Variationen über ein verlorenes Thema», die Studierenden sprachen je nach Wahl und Temperament ihr Credo aus dem Buch, begleitet von allen Instrumenten, die über die ganze Kirche, unten und oben verteilt waren, endend mit einer Gesangstimme. Die Lesung wurde zu einem musikalisch-religiösen Ereignis. So etwas schwebte Paul Rutz vor, als er mich eines Abends mit seinem Anruf überraschte. Wir haben uns schnell geeinigt, doch hatte auch ich einen Wunsch. Ich mochte nicht allein in der Kirche auftreten, die Stimme Jakobs nimmt sich nicht gut aus in der Kirche, geschweige denn in einem Dom; sie käme auch leicht um ihre Wirkung, weil alle Erwartungen, zumal die falschen, schon im Raum stünden, der nicht gewohnt ist, einem Juden ohne christliche Erwartungen zuzuhören. Um ihm folgen zu können, muss man den Kirchraum verlassen, sich auf einen neutralen, nicht elektrisierten Boden begeben. Damit ich wortgetreu gehört werde, brauchte ich keine Lautverstärker, sondern eine zweite, mir nicht fremde, sich deutlich artikulierende Dichterstimme. Ich dachte an Silja Walter, und mein Wunsch ging dahin, mit ihr den Abend in Solothurn zu bestreiten. Paul Rutz, davon angetan und willens, mir den Wunsch zu erfüllen, machte sich auf den Weg ins Kloster Fahr. Und er ließ nicht locker, doch wollte es ihm nicht gelingen. Schwester Hedwig war nicht dazu bereit.

Nach einem Jahr oder zwei wiederholte Pfarrer Rutz seine Einladung an mich, wiederholte auch wieder den Versuch, Silja Walter zu gewinnen. Und sie willigte ein, vermutlich auch darum, weil es mit den Solothurner Literaturtagen verbunden war, ja sogar deren Gipfel ausmachen sollte, die Schlussaufführung.

Eine ihrer Bedingungen war, Maria Becker als Mitlesende heranzuziehen. Ich hatte meine Bedenken, stimmte aber freudig zu, es könnte und sollte ein Gewinn sein.

Nun begann die Arbeit – eine Kette von Verunsicherungen. Es wollte nicht bald eine Zusammenarbeit werden, es war eher die Arbeit von zweien, die lieber das Aneinander-vorbei übten. Ich sah mich harten Prüfungen ausgesetzt, hatte mir aber vorgenommen, nicht aufzugeben, weil mir Silja Walter teuer war, und ich bildete mir nur zu gern ein, sie zu neuen Gedichten «älteren Schlags» anregen zu können. Ich war zu jedem Zuvorkommen bereit, von mir aus eine Auswahl aus ihrem Werk zu treffen, der ich mich anpassen würde. Sie sollte das erste Wort haben und das letzte. So trat nach und nach

Vertrauen zwischen uns ein, und mehr und mehr gingen die Faxe aus dem Kloster Fahr direkt an meine Klause in der Gat-Str. 8, Jerusalem.

Ich könnte sagen, eine Entkrampfung fand statt, die Sprache löste sich, wurde freundlich, bald offen, fast zugeneigt, mein Name bekam auch endlich Gesicht und Klang, denn Silja Walter hatte ihn systematisch verballhornt, darin zeigte sich ihr Unmut am deutlichsten. Endlich stand das Programm fest, wir waren auf die Aufführung vorbereitet, noch nicht aufeinander. Das sollte einen Tag vor der Aufführung geschehen. Dompfarrer Paul Rutz, unser Gastgeber, fuhr mit meiner Frau, der Malerin Metavel, und mir nach Fahr. Schwester Hedwig kam uns schwebend entgegen, die ersten Hemmungen waren rasch überwunden, es folgten zwei denkwürdige Stunden des Gesprächs und der Kunstbetrachtung. Ein Zeichen des Denkwürdigen ist es, wenn die Beteiligten nicht nur aus der Reserve treten, sondern auch über sich hinauszuragen scheinen. Dabei entsteht eine hauchdünne, aber nicht versponnene Verbundenheit.

Schwester Hedwig war rundum auf Freundlichkeit und Entgegenkommen eingestellt, sogar auf Fotos gefasst, bei denen sie demonstrativ mein neues Buch – Der Mensch besteht von Fall zu Fall – in der Hand hielt oder vorzeigte. Zu einem raschen und herzlichen Einvernehmen kam es zwischen ihr und Metavel, an deren Arbeiten sie sich nicht satt sehen konnte. Während Silja Walter Metavels Hohelied betrachtete, las Metavel in der französischen Ausgabe des Gesprächs Silja Walters mit ihrem Bruder Otto F. Walter: «Eine Insel finden».

Aus meinem Tagebuch:

27.5.03
Hinter seinem Lebenslauf kann man weder stehen noch stehen bleiben.

Bei Silja Walter.
Sie sagte: Jetzt kenne ich Ihren Namen auswendig, er geht über meine Lippen wie die Tauben über die Dächer Jerusalems: Elazar Benyoëtz.
Es klang so schön, wie Jetzt und Du.
Sie erzählte von ihrer Angst, nun sei sie aber glücklich, und sie hoffe, mit mir auch nach der Aufführung die Beziehung fortzusetzen – wenn meine Frau nichts dagegen hätte. Meine Frau, die während des Gesprächs in der französischen Ausgabe des Dialogs zwischen Bruder und Schwester Walter las, sprach dann zu ihr, und sprach so verständnisvoll und schön, wie eine große Schwester, in gediegener Seelenruhe.
Unsere Kunst wählt ihre Freunde streng und unerbittlich aus.
Wir bestechen nicht und bleiben unbestechlich.

Was man sich einbildet, das sind immer doch nur Bilder.
Man weiß Bescheid und doch so wenig über sich.
Wie man den Menschen anschaut, so sieht er aus.
Dem Blick kann man sich nie entziehen, das ist die Macht des Augenblicks.

Silja Walter behauptet, seit vierzig Jahren – von ihrem Eintritt ins Kloster – keine Literatur mehr gelesen zu haben; sie lebt einzig mit und aus der Bibel. Bücher werden ihr zwar geschickt, sie blättert darin und bedankt sich höflich, sagt auch ein freundliches Wort, es muss ja niemand wissen, dass sie nicht (richtig) liest. Mein Buch – Der Mensch besteht von Fall zu Fall – hat sie nun endlich, nach langem Zögern, doch gelesen, der letzte Abschnitt über den Glauben hat's ihr angetan, da strich sie einiges an, zunächst das eine – das nicht von mir ist, sondern von Else Gottlieb, meiner Mutter: das las sie begeistert vor:

«Ich spreche im Nebel,
nicht aus dem Schlaf:
Gott reißt mir den Tod
aus dem Leib.»

Dann las sie noch drei EinSätze, immer außer sich und mit Feuer. «Dieses Buch nun», sagte sie, «bleibt bei mir.» *Auch Finden macht das Suchen leichter* hat sie begeistert, «genau meine Lage: Ich habe Gott gefunden und nun suche ich ihn.»

Und wieder der Gedanke, dass meine Mutter nicht mehr da ist, und dass ich mich ans Unwiederbringliche gewöhne, denkend, ich habe die Stunde ihres Todes noch nicht erreicht, obwohl mir alle Bilder klar vor Augen stehen.
Alles in eine Abschiedsstunde gehüllt.
Meine Blicke fallen wie Tränen aus meinen Augen

Zu den schönsten Freundschaften meines Lebens gehörte die mit Annette Kolb. Mich nannte sie den wilden Hebräer, sich – meine sanfte christliche Schwester.
Sanft war sie nicht, eine Schwester aber durch und durch.
Lange dachte ich, ihr Bild würde mich Silja Walter näherbringen, doch gab es einen grundlegenden Unterschied: Annette Kolb suchte die Weltverstrickung; die Pausen, die sie sich gönnte, galten nicht der Ruhe von der Welt, ihrem Treiben und Unglück. Um den kleinsten Frieden musste ausdauernd lang gekämpft werden. Viel auflösende Säure war nötig gegen verrostete Kampflust der Männer. Die Stimme hatten die Frauen schon, und sie konn-

ten sie auch erheben, sich aber nicht Gehör verschaffen. Und dabei kommt es doch auf das Gehörschaffende an! Annette Kolb hatte das feinste Gehör, sie verschenkte es an Mozart, an Schubert, an Wagner. Am Ende hatte sie es vermocht, durch Taumel und Getümmel sich in der Männerwelt Gehör zu schaffen. Meinem Eindruck nach, war sie von Männern mehr gelesen als von Frauen. Hellsichtig und treffsicher, zielte sie gegen die Herren, die die Welt beherrschen, verwundete den einen und den anderen und errang sich ihren Rang, darum ging es. Er konnte ihr auch nicht abgelaufen werden.

Die Bewegung Silja Walters war zuerst ein Gleiten, dann ein Strömen, und die Stromrichtung war das Kloster, dieses vielleicht noch mehr als das Klosterleben.

Es war ein musisches Gleiten, Strömen und Einmünden, sie lief auch ein wie ein Boot in einen sicheren Hafen. Ich wüsste nichts, was gegen diese Annahme spräche, dafür aber spricht das ganze Werk, nun das Gesamtwerk. Dieses Werk entstand nicht nur im Kloster, es ist ihr ganzes Klosterleben. Ob sie in Fahr, ob Fahr in ihr – es wäre eine reizvolle Facette von Überleben. Wie das zustande kam, wie es auch im Grunde zu verstehen wäre, darüber könnte uns nur Silja Walter aufklären. Doch ach, sie erklärt gern, sie beschreibt oft, allem Aufklären ist sie aber abhold. Ihr letztes Wort über ihr erstes gottbefrachtetes werden wir von ihr nicht hören. Sie ist vermutlich auch fürs Letzte nicht eingestimmt, in täglicher Vermählung und bräutlicher Bereitschaft, bricht sie auf, ohne die Mauern zu verlassen. Sie ist im Flug, ihre Taube kennt alle Dächer Zürichs, weiß aber, wo sie zu landen und aus welcher Hand sie zu picken hat.

Auch Silja Walter ist keine sanfte, und ich kann mir denken, dass mit ihr nicht immer gut ist, Kirschen zu essen. Ich täte es dennoch, wie einst mit Annette Kolb, die meine christliche Schwester war.

In einem Punkt verblüffte mich Silja Walter, in diesem hatte sie auch den Vorrang vor Annette Kolb: Sie kennt die hebräische Bibel wirklich, wenn auch nicht auf Hebräisch, Blatt um Blatt und Wort für Wort. Und – steht sie mit ihrem christlichen Ernst auch auf einem anderen Blatt, sie geht in den Worten ein und aus, mitunter vollführt sie einen Maskenzug durch Bibelstellen, bei denen ihr tänzlich zumute ist. Sie saugt die Worte auf, schöpft die Bilder bildlich aus. Manch kleine Figuren trinken unauffällig, aber gern aus ihrer Hand. Ich könnte viel über Silja Walter schreiben, es wäre darunter nicht wenig Fantastisches, wie sollte ich – ein Jude in Jerusalem – ohne Beistand der Fantasie an Schwester Hedwig im Kloster Fahr auch denken.

Jerusalem, 10.Kislew 5769/7.12.08

Elazar Benyoëtz

Das Licht ist ausgebrochen

Mensch – Bruder
Bruder – Mensch ...
Ist das der neue Mensch?
Der Bruder?

Das Licht aus dem Anfang
ist ausgebrochen.
Ein Schöpfungsmorgen
braust über die Stadt,
Halleluja.
...
Die Liebe, das Licht, die
den Hass überwanden,
sind in Solothurn heute
auferstanden.
Licht, das den Bruder im Menschen
geoffenbart hat,
Halleluja!

(Aus «Die Jahrhunderttreppe»,
Gesamtausgabe IV, S. 296–297)

Anregend und nahrhaft

Liebe Silja,

Ob Du Dich noch erinnerst: Nach dem St. Ursentag, dem 30. September 1981, habe ich Dir die Predigt zugestellt, die ich im bischöflichen Festgottesdienst in der Kathedrale von Solothurn gehalten hatte. Ich war damals noch Sekretär der Schweizer Bischofskonferenz, hatte aber vorher während 17 Jahren als Religionslehrer an der Kantonsschule Solothurn gearbeitet. Im Sommer hatte ich Dein eindrückliches Festspiel zum 500. Jahrestag des Eintritts des Kantons Solothurn in die Eidgenossenschaft miterlebt. «Die Jahrhunderttreppe» hatte mich tief beeindruckt und begeistert. Sie hat mich dann auch dazu inspiriert, einige Deiner Gedanken meiner St. Ursenpredigt zugrunde zu legen. Ich erlaubte mir dann, mit einem kurzen Begleitbrief Dir «als kleines Zeichen des Dankes und der Verbundenheit den Text meiner Predigt zuzustellen». Über meinen Onkel und Firmpaten Erwin Girard und seine Frau Tante Hanny Walter von Moutier wusste ich mich Dir von Kind an verbunden und «verwandt», auch wenn wir uns bis anhin noch nie persönlich begegnet waren. Die Jahrhunderttreppe und meine St. Ursenpredigt boten mir jetzt die willkommene Gelegenheit, erstmals mit Dir in direkten Kontakt zu treten.

Deine kurze Antwort vom 6. Oktober 1981 liegt noch heute bei meinem Predigtmanuskript. Mein «Brief und die Predigt», hast Du geschrieben, habe dich «fast ein wenig erschreckt». «Dabei» – fügtest Du hinzu – «habe ich mich immer gesehnt, irgendwer möchte doch das Geheimnis der ‹Jahrhunderttreppe› aus der Grube des Stölli heraufholen. Damit über all das Besprechen ... des Spiels das österliche Licht aufgehe, die Theologie der Treppe. Nun haben Sie das gemacht! Von der Kanzel der Kathedrale aus. Gott sei Dank und Ihnen.»

«Der neue Mensch» – der Bruder! Nicht Herr und Knecht, nicht oben und unten, nicht – wie Paulus sagt – Sklave noch Freier, Mann und Frau, – sondern der Mensch in Christus: «Ihr alle seid Brüder.»

Seit diesem ersten spontanen Briefwechsel durfte ich in den letzten fast 30 Jahren immer wieder mit Dir zusammentreffen: Bei persönlichen und sehr herzlichen Begegnungen im Kloster Fahr; an der Eröffnungsfeier zum Erscheinen des ersten Bandes der Gesamtausgabe Deiner dichterischen Werke; anlässlich der liturgischen Studientagung an der Universität Fribourg über die Entwicklung des gottesdienstlichen Lebens in der Kirche unseres Landes seit dem II. Vatikanischen Konzils; anlässlich der eindrücklichen Dichterlesung in Solothurn an den Literaturtagen, zusammen mit Maria Becker und dem israelitischen Schriftsteller Elazar Benyoëtz (Originalton von Maria

[Briefausschnitt in Handschrift, 6.10.81]

(Briefausschnitt: Privatbesitz)

Becker im anschließenden privaten Gespräch zu St. Ursen: «Diese Frau lesen zu hören, das ist ja zum Katholisch-Werden ...»).

Sehr eindrücklich und unvergesslich ist mir auch der schlichte Gottesdienst an meinem 80. Geburtstag, den wir im kleinen Rahmen der Ortsgruppe der Akademischen Arbeitsgemeinschaft von Hans Urs von Balthasar in der Jesuitenkirche gefeiert haben. Die Eucharistiefeier wurde mit einer Auswahl aus «Keine Messgebete», vorgetragen durch Ulrike, gestaltet.

Deine so dichten und doch so ansprechenden Texte haben mir immer wieder Anregung und echte geistliche Nahrung geschenkt. Dafür und für all das Viele, das Du mir und so vielen anderen geschenkt hast und weiterhin schenkst, danke ich Dir heute ganz herzlich und entbiete Dir meine aufrichtigen und brüderlichen Segenswünsche zu Deinem hohen Geburtstag. Im Gebet und in der Feier der Eucharistie weiß ich mich Dir verbunden.

Mit Stölli in der «Jahrhunderttreppe» stehe auch ich im Alltag immer wieder vor der Frage «Mensch – Bruder ...»

Und ich höre die Stimme der Verena (und des Chores): «Das Licht aus dem Anfang ist ausgebrochen.»

Anton Cadotsch

Sing, Mirjam, sing!

Sing, Mirjam, sing
    unter der Taube
und schlag die Pauke zum Tanz.
Halleel!

Denn wieder kreist
Schöpferin Weisheit,
    ihr Geist
über die Wasser hin,
über die Frauen
    am Rand
    der Brandung,
worin er versank
    und ertrank,
der Krieg.
Halleel!

Menschheit
zur Freiheit befreit,
neue Schöpfung
    sehen sie werden
    auf Erden,
    und lassen
    sich fassen
vom aufgehenden Glanz
über den Wassern
und fallen in Tanz.
Halleel!
Sing, Mirjam, sing!

(Gesamtausgabe X, S. 119)

Mirjams Singen unter der Taube

Liebe Schwester M. Hedwig,
Kurz vor 1989 zeigtest Du mir Bilder einer Inderin. Sie hatte sie zu sechs Bibeltexten für das Fastentuch gemalt. Du batest mich um Kurzkommentare dazu. Bei allen sechs Texten hielt ich mich an den Wortlaut der Bibelstellen und schickte sie Dir. – Dann hörte ich mehrere Jahre nichts mehr darüber. – Bei den Malereien zum Fastentuch fiel mir der Bildausschnitt mit der tanzenden Mirjam unter der Taube auf. Ein mich bewegender Ausdruck echter indischer Volkskunst und Frömmigkeit. Mein Kommentar von 1989 zum Bild-Verständnis der tanzenden Mirjam in der Bibel: «Wasser bedeutet in der Bibel auch Zeit und das Hineinwirken in die Zeit. Mit dem Zeitfluss strömt alles Tun ins Meer, in dem jeder Zeit- und Schicksalslauf endet. – Der Name «Mirjam» sagt: «Bitteres Meer». Sie erlebt Erlösung aus Bitterkeit und Knechtschaft im Land der Verbannung. – Gott hat das Meer an der Grenze Ägyptens aufgepeitscht und damit der Herrschaft des Pharao das Ende gesetzt. In Macht und Herrlichkeit erhöht und verfestigt der Ewige das Meerwasser – die erfüllte Zeit – zu Kristallmauern. Sie sind seinem Volk, welches mitten durch das trockene «Meer des Endes» zieht, auf beiden Seiten zu Schutzwällen geworden. «Jam suf – Endmeer», nennt die Bibelsprache das «Schilfmeer». – Mirjam tanzt mit den Frauen jenseits aller endenden Zeit. – Als erste Prophetin und Seherin überschaut sie das grenzenlos dem Himmel vereinte Meer hinter neuen Ufern aus Licht und Kristall. Vom Staunen über das Gotteswirken im Geschehen während der gesamten Weltzeit ergriffen, schlägt Mirjam die Pauke «und tanzt und lobsingt unserm Gott» (Ex 15,20–21; 12,30–33; 13,17–15,19).

Liebe Silja Walter,
Jahre danach – ich weiß nicht mehr wo und wann – hörte ich Dich das Mirjam-Gedicht vorlesen. Wie freute ich mich! – Deine Lyrik, Dein Rhythmus – Dein – mein – und Mirjams Singen und Tanzen unter der Taube – brachten meine Urfreude an Gottes Geist und Wort in der Bibel zuinnerst in Schwung. Und da – 1997 wurden mir Gedicht, Gesang und Tanz zum Bild. Jubel und Tanz heben mich in Deinem Gesamtwerk immer wieder herauf unter das hohe Flügelkreisen der Geist-Taube, welche, wie Du singend sagst, «die Menschheit zur Freiheit befreit». Knapp zwei Jahre kannte ich Dich, als wir zusammen die Arbeit der Inderin anschauten. Zwanzig Jahre Freundschaft sind seither dazugekommen. Kein Jahresring davon ist eine im Sand verwehte Spur. Denn Du hast mich mit Dir ins Jubelkreisen der Mirjam auf dem Meeresgrund hereingerufen. Und da tanzen wir mit Israels Frauen und unter Gottes Geist vom Anfang (Gen 1,2). – Zugleich hören wir die Frohbotschaft

aus der Fülle der Zeit, die sagt: «Mit dem Volk ließ auch Jesus sich taufen. Und während er betete, öffnete sich der Himmel, und der Heilige Geist kam sichtbar in Gestalt einer Taube auf ihn herab, und eine Stimme aus dem Himmel sprach: Du bist mein geliebter Sohn, an dir habe ich Gefallen gefunden» (Lk 3,21–22). – Johannes, der Priestersohn am Jordan, bezeugt: «Er ist der Sohn Gottes.» Als Jesus am Tag darauf vorbeigeht, ruft der Täufer: «Seht das Lamm Gottes!» (Joh 1,29–36). Damit öffnet er uns bereits die Aussicht auf die Straße in der Ewigkeits-Stadt, welche der Seher Johannes auf seiner Insel schaut. Diese Straße ist lauteres Gold – wie glitzerndes Glas – und führt zur Thron-Herrlichkeit Gottes und ins sonnengoldene Licht des weißen Lammes (Offb 1,9; 21,18–22,5). Auf dem Zeitweg dahin dankt Dir für alles Schöne in unseren Begegnungen und in Deinem Lebenswerk

Ines Brunold

«Mirjam»
Öl auf Ölpapier
56 x 42 cm
1997

Junge Mutter

Auf der Wiese, auf der Au,
Wo ich geh und stand,
Blüht der Hafer silberblau,
Läuten Luft und Land.

Drunten läutet tief der See,
Weil mein Herz dich trägt.
Tut es dir nicht heimlich weh,
Wenn es pocht und schlägt?

Über Brücke, über Fluss
Trag ich dich, mein Kind.
Wenn ich selig lachen muss,
Läutet tief der Wind.

(1941, in: Die Viertelspause 11 / 1956, Nr. 5)

«Der Dornbusch blüht» –
und was auch daraus entstanden ist

In einer Pfarreirats-Sitzung im Juni 1986 überlegten wir, wie das 50-Jahr-Jubiläum unserer 1939 geweihten Pfarrkirche sinnvoll gefeiert werden könnte. Mathilde Widmer, eine der ersten Pfarreiratspräsidentinnen der Schweiz, hatte die gute Idee, Silja Walter anzufragen, ob sie sich anregen lasse zu einem kleinen Festspiel – Thema: Hl. Mauritius. Vielleicht erinnere sie sich an sie von einem Ferienkurs in Randa her vor bald 50 Jahren. Und ob sich Silja Walter erinnerte. Sie hat ja ein ausgezeichnetes Gedächtnis. In ihrem Antwortbrief schrieb sie: «Wissen Sie noch? Wir spielten zusammen den Postamentle-Mann. Und Sie spielten so hervorragend eine Pantomime vom Eiffelturm – ich sehe Sie noch im Regenmantel und Herrenhut!»

Mathilde Widmer ist denn auch das Geschenk zu verdanken, das Silja Walter unserer St. Mauritius-Pfarrei machte mit dem Dornacher Mysterienspiel «Der Dornbusch blüht». Sie war übrigens die Schwester von Peter Schifferli, dem langjährigen Leiter des Arche-Verlages Zürich, in dem viele der ersten Werke Silja Walters in Buchform erschienen sind. Nach Briefen hin und her, Begegnungen mit Silja Walter im Kloster Fahr entstand zu unserer Überraschung und Freude nicht nur ein kleines, sondern ein großes Mysterienspiel.

1989 konnte eine Szene aus dem Spiel in die Jubiläums-Eucharistiefeier eingebaut werden. Das ganze Spiel wurde 1991 in sechs eindrücklichen Aufführungen in unserer Kirche aufgeführt. Was sich bei der Entstehung des Spiels ergab an Briefen, Entwürfen, Notizen usw., war der Beginn einer Sammlung von Tausenden von Dokumenten im Zusammenhang mit Silja Walters Werken und Wirken. Nach der Räumung des Elternhauses in Rickenbach sind frühe Gedichte, viele Notizen und vor allem auch das Fragment «Nofretete» nicht im Feuer, sondern in meiner Sammlung gelandet und konnten zum Teil im Gesamtwerk erstveröffentlicht werden.

Silja Walter hilft mir geduldig, wenn ich gelegentlich ins Fahr fahre mit einem Stoß Dokumente, vor allem auch mit von Hand geschriebenen Notizen, von denen ich nicht weiß, zu welchem Gedicht oder Gebet oder Spiel usw. sie gehören. Begegnungen mit Silja Walter im Kloster Fahr waren und sind für mich immer wieder Sternstunden.

Silja Walter ist wie ein Vulkan: unerschöpflich und immer voll innerer Glut und ansteckendem Feuer. Wenn sie so richtig in Fahrt kommt – und so habe ich sie schon oft erlebt – sprüht und funkt es, dass es eine Freude ist.

Ich freue mich jedenfalls auf – hoffentlich – noch manche gute und lebendige Begegnung mit Schwester Silja im Kloster Fahr.

Ernst Eggenschwiler

Bleib doch da!

Die Herren, die der Kammfabrik wegen kamen und gingen, immer wieder kamen und gingen, kommen nicht mehr. Es ist nichts mehr zu machen, Papas Geld ist dahin, die Fabrik steht still. Papa konnte Großpapa nicht helfen. Eine schlimme Zeit. Es wird dunkel drüben auf der Straße, im Haus mit den Säulenveranden, es wird dunkel darin. Papa schließt die Schalusien, kommt mitten am Nachmittag nach Hause gefahren und schließt die Schalusien und steht nicht mehr auf, liegt da und steht nicht mehr auf. Ich sehe, wie er daliegt, aber er geht fort. Er geht ins Dunkel hinaus, in die Nacht von uns fort, lässt uns zu Hause und nimmt den Hut vom Haken und geht die Einfahrtsstraße zu Fuß fort, an den Pappeln unten vorüber ins Dunkel, das daherkriecht vom Fluss herauf, vom Bahndamm herauf und ihn fasst und zudeckt, und nun hat er alles vergessen. Seine Frau, seinen Sohn, sein Forellchen, seine Mädchen, sein Haus, seinen Verlag, den Kanton, hat Bern und alles vergessen und verloren. Verloren – ich weiß nicht –, alles nicht mehr da, für ihn nicht mehr da. Er nimmt den Hut und geht in eine immer tiefer, immer dunkler werdende Nacht hinaus. Papa! Bleib doch da, bleib doch bei uns, wir haben dich doch lieb – hörst du, wir haben dich doch ...

(Aus «Der Wolkenbaum»,
Gesamtausgabe VI, S. 173)

Den Vater suchen

Mitten am Nachmittag kommt der Vater nach Hause – ein unheilvolles Zeichen. Er schließt sich ein, «liegt da und steht nicht mehr auf». Das sechsjährige Mädchen spürt: Der Vater ist zwar da, aber er hat sich in eine andere Welt zurückgezogen und nimmt keinen Anteil mehr an der Familie. Die Frau, die Töchter und der Sohn, seine berufliche und politische Aufgabe: sie zählen für ihn nicht mehr. Und da hockt auch die Angst im Haus, denn «Papas Geld ist dahin, die Fabrik steht still». Das Kind, welches sich einst so sicher gefühlt hat – aufgehoben im Kreis der Familie, wie auf Flügeln getragen vom väterlichen Ansehen –, findet sich ausgesetzt, tiefgreifend verunsichert.

Der Textausschnitt am Schluss von Silja Walters Kindheitsroman «Der Wolkenbaum» ist unter all den beschwingten, aber auch wieder tiefsinnigen Episoden eine der wehmütigsten. Er zieht auf einem dunklen Grund dahin, der in Kontrast zu so vielen jauchzenden Sätzen zu stehen scheint und doch als Kehrseite dazu gehört. Eine frühe Erfahrung holt die Dichterin ans Licht – jenen Schmerz, den der anwesend-abwesende Vater dem Kind zugefügt hat. Wir erkennen in ihm nicht nur den individuellen Schmerz des Mädchens, sondern den Schmerz aller vaterlosen Kinder – es ist ein Jahrhundertschmerz. Krieg und Verfolgung haben die Väter zu Millionen dem Schoß der Familie entrissen, gesellschaftliche Veränderungen zudem den «Weg zur vaterlosen Gesellschaft» (Alexander Mitscherlich, 1963) vorgezeichnet.

«Papa! Bleib doch da, bleib doch bei uns...», fleht das Mädchen und bricht jäh ab. Zu erdrückend ist die Gewissheit, dass es erstmals in einer Einsamkeit steht, die es nicht durchbrechen kann. Der Vater hat sich ihm entzogen. Vielleicht ist diese frühe Erfahrung ein Vorschein jener Einsamkeit, in die Menschen auf der Suche nach Gott geraten, denn auch er entzieht sich. Die Theologie spricht vom «Deus absconditus», dem verborgenen Gott. Aber der Befund ist noch schärfer zu fassen: Vielen erscheint er als verlorener Gott. Doch manchmal muss man fremde Gärten betreten, um Kostbarkeiten wie diese persische Weisheit zu finden: «Dreißig Jahre lang suchte ich Gott. Als ich reif geworden war, erkannte ich, dass Er der Suchende war und ich der Gesuchte.»

Beatrice Eichmann-Leutenegger

Tag des Herrn

Liebe Sr. Hedwig

Es ist sommerlich heiß und Sonntagmorgen, ich sitze in Rom an meinem Schreibtisch. Zum letzten Mal vor den Sommerferien werde ich heute der sonntäglichen Eucharistiefeier in der Kirche des *Pontificio Istituto di Musica Sacra* vorstehen. Die Predigt ist vorbereitet (Mt 10,26–33). Dreimal ruft Jesus uns zu: Habt keine Angst – steht für mich ein, fürchtet euch nicht vor den Menschen, die nur den Leib töten können, nicht aber die Seele. Steht ein für das Evangelium. Wer sich vor den Menschen zu mir bekennt, zu dem werde ich mich vor dem Vater bekennen.

Hoffnung, Kraft und Orientierung aus der Durchsicht in die Tiefe, Weite und Höhe – ein Moment wie damals …

… wie damals, als ich zufälligerweise dem Hymnus «Sonntag» einer mir nicht weiter bekannten Schriftstellerin begegnete. Ich war ungefähr sechzehn Jahre alt und bei meiner Tante in Winterthur in den Ferien. Diese klärte mich auf: Silja Walter wäre eine Benediktinerin aus dem Kloster Fahr, eine dichtende Nonne. Mir wurde sofort klar: Ich wollte mehr über den «Sonntag» wissen und Dich kennenlernen. Meine Beharrlichkeit bewog Tante Ruth schließlich, mutig im Kloster Fahr anzurufen und die Lage zu schildern – worauf nach wenigen Tagen unser erster Kontakt zustande kam.

Wie aber sollte ich Dich mir vorstellen? Als eine lautlos über dem Boden schwebende Weihrauchwolke? Oder als eine gemütliche und fromme Matrone mit einem Kräpfli im Kuttensack (für alle Fälle – man weiß nie). Irren ist menschlich. Deine unverwechselbare Lebendigkeit zauberte im Nu Wärme, Farbe und Licht mitten hinein in den trüben und regnerischen Herbsttag, als Du vom Klosterleben und vom Schreiben erzähltest. Da ging die Sonne auf – und damit wurde der Alltag zum Sonntag. Mit energischen Bewegungen versuchtest Du immer wieder vergeblich, einen wilden Haarbüschel zu bändigen. Doch sein Wille zur Widerspenstigkeit war noch stärker als Deiner, der Zucht und Ordnung durchsetzen wollte. Der Büschel ließ sich um keinen Preis unter den Schleier schieben, der ein ausgesprochen fein geschnittenes und apartes Gesicht definierte.

Hättest Du nicht eingewilligt, ein Leben lang zu schreiben und Dich so dem Mensch gewordenen Gotteswort hinzugeben, wärest Du wohl explodiert. Es hätte einen zweiten Urknall gegeben und Deine Wortschöpfungen wären trotzdem entstanden und aufgeblitzt wie die Sonnen, Monde und Sterne am

Firmament, hätten dort ihre Kreise gezogen zum Lob Gottes und zur Erbauung der Menschen.

Wenn Gott denkt und sich ausspricht, entsteht die Schöpfung. Wenn Menschen schöpferisch denken und sich ausdrücken, entstehen Poesie, Musik, Bilder und Skulpturen.

Jahrzehnte lang sind Leben und Glauben in Deinem Werk, in der präzisen und unbestechlichen Ausdruckskraft Deiner pulsierenden Sprache Fleisch geworden. Du hast das Christusmysterium auf eine schnörkellos wesentliche, existentielle und einleuchtende Art entfaltet. Eigentlich gehörst Du nicht nur in die Reihe der bedeutenden christlichen Schriftstellerinnen und Schriftsteller der Gegenwart, sondern ebenso sehr in die Reihe der bedeutenden Theologen und Theologinnen unserer Zeit – in eine Reihe, die wohl nicht allzu lang sein dürfte.

Sonntag. Tag der Sonne, Tag des auferstandenen Herrn. Deinen Hymnus hatte ich dann im Noviziat vertont und 1990 nochmals leicht überarbeitet.

Nun gehe ich in die Sakristei, um mich auf den Gottesdienst vorzubereiten. Eine Feier in der schlichten Kirche, deren einziger Schmuck das wechselnde Licht auf den weiß getünchten Wänden ist. Mit Ausnahme von Lesungen und Predigt singen wir die Heilige Messe ganz in lateinischer Sprache, ohne weitere Kommentare. Jeder weiß ja eigentlich, worum es geht. Nein, wahrscheinlich wissen wir es gar nicht oder nicht wirklich. Vielleicht erfahren wir es irgendwie und eigentlich nur im Geschehen der Feier selbst, in die wir als empfangende Gäste hineingenommen werden.

Heute werden wohl einige afrikanische Priester konzelebrieren, ein Pakistani, einige Italiener und sicher ein Spanier. Die Orgel wird eine koreanische Schwester spielen. Nicht zu vergessen ist natürlich die Gemeinde – bestehend aus den immer etwa gleichen Getreuen aus der Nachbarschaft unseres Instituts, das am Sonntagmorgen so friedlich daliegt und ruht wie ein schlafendes Dornröschen. «Eine große Stadt ersteht, die vom Himmel niedergeht in die Erdenzeit» ... Es ist Sonntag.

P. Theo Flury OSB

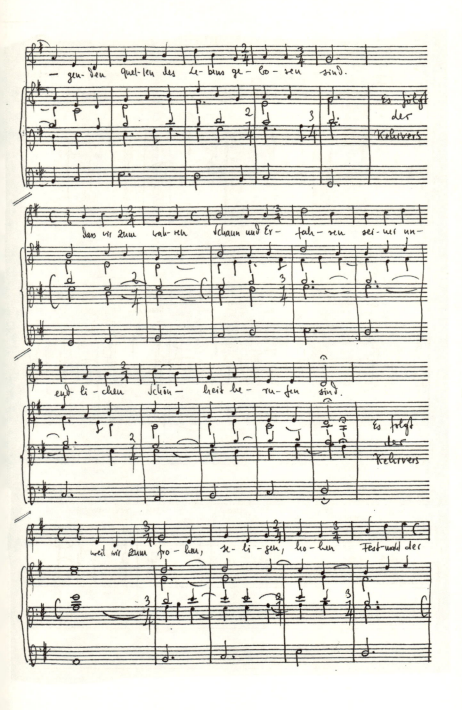

Tageskreis – Der Sonntag

«Tageskreis» hat Silja Walter über einen Zyklus von fünf hymnischen Texten geschrieben (Gesamtausgabe X, 515–520). Sie bilden also eine Einheit, weil sie, in der alten Tradition von Tagzeitengedichten, zu den Gebetsstunden am Morgen, Mittag, Abend, zur Nachtruhe den Tag bestimmen. Auch formal gehören sie zusammen: Je drei Strophen, und fast immer weist jede Strophe zwei Abschnitte auf, die wie Frage und Antwort, Anrede und Zuspruch aufeinander bezogen sind.

Doch der erste Text fällt auf. Gehört er überhaupt in diesen Zyklus? Da geht es nicht um eine Tageszeit, auch nicht um eine Hinführung zu den einzelnen Gezeiten – sein Thema ist ein ganzer Tag, genauer: der besondere Tag des Christen, der Sonntag. Dieser Tag, so muß es scheinen, soll als der Tag schlechthin gelten. Es ist der Tag des Herrn. Der Tag seines Lobes.

Dreimal fordert die Dichterin auf: Ein Lob gilt's zu singen. Wann? Wem? «Dem heiligen Gott», denn er gibt den Menschen seinen ureigenen Tag als ihre Zeit. Wie ist das nun mit dem «Tag des Herrn»?

Die erste Strophe bringt den urtümlichen und begründenden Sachverhalt: Es ist der Tag der Schöpfung. Der erste Kapitel des ersten Buches der Bibel berichtet es: Quelle des Lebens hat der Mensch in einer wunderbaren «Geburt», denn die Quelle seines Lebens ist ewig, rein, in zuneigender Liebe singend – Gott selbst.

Dabei bleibt es aber nicht. Die zweite Strophe nennt ein Ziel, ein Woraufhin, hier angedeutet mit dem Wörtchen «dass»: Der Mensch soll ein Gegenüber Gottes selbst sein, er soll bezeugen können, wer Gott ist, und er wird nie damit zu Ende kommen – wenn sein «Schaun und Erfahren» wahr ist –, denn Gott ist «un-endlich» und Schönheit schlechthin. Die weiteren Kapitel der Bibel berichten davon, von Abraham, Mose, den Propheten, von der ganzen langen Geschichte des Gottesvolkes und von dessen Berufenen und Heiligen.

Ist das alles aber nicht weit weg? Sind wirklich wir gemeint? Zwar war immer schon das zweite Wort nach dem eröffnenden Satz der bisher benannten Strophen «wir», aber wer ist das denn, wo und wann begegnen «wir» uns, so dass wir wirklich diese «wir» sind?

In der dritten Strophe wird diese Frage aufgenommen und auf einen Weg gebracht. Geladen seien die hier Kommenden und Singenden, geladen zu einem Festmahl, das froh, selig, hoch benannt ist, in einer Freude zu feiern, die «end-los» ist, «end-los» wie Gott selbst in seiner Schönheit «end-los», nach Raum und Zeit, denn er selbst ist Gastgeber, noch mehr: selbst in seinem Sohn die Speise. Wo das geschieht, ist Sonntag, ist Ostern, Tag des Herrn, weil er erweckt wird, aufersteht, aus dem Tod, nicht für sich, sondern für

Sonntag

Kommt und singt
zum Tag des Herrn
dem heiligen Gott
ein Lob:
    da wir aus seinen
    ewigen, reinen,
    singenden
    Quellen des Lebens
    geboren sind.

Kommt und singt
zum Tag des Herrn
dem heiligen Gott
ein Lob:
dass wir zum wahren
    Schaun und Erfahren
    seiner un-
    endlichen Schönheit
    berufen sind.

Kommt und singt
zum Tag des Herrn
dem heiligen Gott
ein Lob:
    weil wir zum frohen
    seligen, hohen
Festmahl der end-
    losen Freude
    geladen sind.

(Gesamtausgabe X, S. 516)

jene, die aus ihm geboren sind, die ihn geschaut und erfahren haben gemäß den Dokumenten der heiligen Geschichte. Das also gilt den «wir», welche die Dichterin hier gleich dreimal beschwört. Wirklich einfach «wir»? Die so gewöhnlich Lebenden? Deren Feste so karg geworden sind? Die Benediktinerin, die diesen Hymnus vorlegt, kennt ein Modell, wie und wo und wann diese «wir» sich finden. Sankt Benedikt, so schreibt sein Biograph, Papst Gregor der Große, lebte in solchem Eifer sein einsames Leben vor und mit Gott, dass er sogar das Osterfest der Kirche übersah. Da sorgt der Herr selbst für ihn. Der Priester der Nachbarschaft bereitet sich gerade das köstliche Mahl, Gabe des Festtages nach langen Wochen strengen Fastens. Da lässt Gott ihm sagen: «Du feierst hier das Osterfest – und mein Diener dort in der Höhle weiß nicht einmal, daß heute das Ostern ist.» Der Priester, so in die Pflicht genommen, den Menschen die Botschaft des Herrn zu künden, nimmt das schon bereitete Mahl und eilt zur Höhle des Einsiedlers. Sie wechseln Sätze geistlicher Rede, dann der Priester: «Auf! Wir wollen Mahl halten, denn heute ist Ostern!» Und Benedikt: «Ich weiß: Es ist Ostern, denn – Gnade Gottes – ich durfte dich sehen! – Scio quia Pascha est, quia videre te merui.» – Sonntag, Osterfeier, ist Begegnung, ist Frucht des «wir» – geeint im Lob Gottes, der uns begegnet, wenn wir seine Taten erkennend preisen – am Tag des Herrn. Dann und dort feiern «wir», im fürsorglichen Miteinander, mit Hymnen auf Gott, wie sie uns die Nonne im Kloster Fahr in Worten voll Weisheit lehrt.

P. Angelus A. Häußling OSB

Kloster Fahr

Kloster Fahr
am Rand der Stadt,
an der Lände einer eingegangenen Fähre,
was es war,
zu melden hat
seinem Sinn, dem Evangelium nach, wäre:

Urgemeinde
seit der Zeit,
da sie angelegt, errichtet ward am Fluss.
Zeichen für
die Wirklichkeit,
die geglaubt, erkannt, erwartet werden muss.
...

Wahrheit ist,
was hier geschieht:
schlichtes Tun und Leben unter Gottes Blick,
das sich jedem
Maß entzieht:
Stehn vor Gott, gemeinsam, schweigsam, arm ist Glück.

Lobgesang
wird alles hier,
um als Psalmodie sich täglich darzubringen.
Immer aber
tragen wir
sie vor Gott für alle draußen, die nicht singen.
...

KLOSTER FAHR
am Rand der Stadt:
Welt, in der sich Erd und Himmel stets begegnen.
Was es ist und zu melden hat:
ORT FÜR GOTT, die Menschheit immer neu zu segnen.

(Gesamtausgabe II, S. 456–457)

Welt, in der sich Erd und Himmel stets begegnen

Worte können uns berühren und unserem Leben bewusst oder unbewusst eine Wende geben.

Ich erinnere mich gut. Es war an einem Sommerabend 1986. Schwester Raphaela Rast, Priorin im Kloster Fahr, zeigte uns Schülerinnen der Bäuerinnenschule eine Dia-Schau über das Leben der Benediktinerinnen im Fahr. An die Bilder kann ich mich nicht mehr erinnern, aber an einen Text: «Kloster Fahr, am Rand der Stadt: Welt, in der sich Erd und Himmel stets begegnen». Wie ein Blitz trafen mich diese Worte. «Das ist hier», durchfuhr es mich. «Und ich erlebe es, seit ich an der Schule im Fahr bin. Gott ist so greifbar nah.» Vielleicht öffnete sich in jenem Moment der Himmel ein Stückchen weit, Gottes Sehnsucht berührte mich und weckte in mir den Wunsch: Hier an diesem Ort will ich ganz für Gott da sein.

Seit 22 Jahren lebe ich nun als Benediktinerin im Kloster Fahr am Rand der Stadt. Hier lernte ich Schwester Hedwig (Silja) Walter als eine meiner Mitschwestern kennen, als eine, die mit uns auf dem Weg ist, Gott zu suchen. Mit ihrem wachen und kritischen Geist fördert und bereichert Schwester Hedwig die Lebendigkeit unserer Klostergemeinschaft. Dafür bin ich sehr dankbar.

Immer stärker entdecke ich das prophetische Charisma meiner Mitschwester Silja Walter: Gottes-Erfahrung in Worte zu verdichten und in unübertroffener Weise den Menschen Gottes Botschaft zu verkünden. Ihre Texte berühren und begeistern. Das Kloster Fahr am Rand der Stadt ist die Welt, die Schwester Hedwig herausfordert und inspiriert. Hier kann sie ihr Charisma und ihr Talent entfalten und ihren prophetischen Auftrag erfüllen. Durch ihr literarisches Wirken hat das Kloster Fahr eine weitere, bedeutende Ausstrahlungskraft erhalten.

Es erfüllt mich mit großer Freude und Dankbarkeit, dass auch ich hier an diesem Ort leben und täglich neu erfahren darf:

«Kloster Fahr, am Rand der Stadt: Welt, in der sich Erd und Himmel stets begegnen».

Priorin Irene Gassmann

Der Auftrag

Eine Mauer. Eine Nonne geht vom Bildschirm weg darauf zu, öffnet das Tor, tritt ein und schließt es hinter sich.

Eine Mauer, ein Tor, irgendeine Nonne – ich. Einfacher lässt es sich nicht sagen: «– und dann ging ich fort von zu Hause, ins Benediktinerinnen-Kloster Fahr.»

Der Film redet optisch. Das ist sein Medium. Lässt sich ohne Worte lesen. Kann ein wortlos sprechender Bildband des Lebens in Klausur sein. «Zwei Leben hinter Klostermauern». Produzentin ist Ruth G. vom Südwest Fernsehen (SWR).

Oder anders, wieder optisch erzählt: eine graue steinerne Treppe. Eng, geländerlos. Irgendwohin nach oben. Auf einer der untersten Stufen sitzt ein Mönch, Theo aus der Abtei Einsiedeln. Liest aus seinem Brief an die Nonne im Fahr, einen Ausschnitt aus seinen monastischen Weg-Erfahrungen.

Wunderbar. Wieder Raumbild für das Wort, Wort aus seinem Raum, das weiterspricht, wenn es aufgehört hat zu sprechen. Man sieht, was es wortlos redet.

Kennt denn die Filmfrau Ruth G. – sitzt in ihrem aparten rotschwarzen Kostüm in der ersten Reihe vor der Beamer-Wand neben mir –, kennt sie denn die Demutstreppe des siebten Kapitels unserer Regel? Ja, solch graue, harte Steinstufen, auf denen wie auf der Jakobsleiter Engel auf- und heruntersteigen, zeichenhaft für den Stolz, der den Mönch, die Nonne herunterholt, für die Demut, die sie hochträgt – die meint sie.

Steht in ihrem berühmten siebten Kapitel.

(Aus «Regel und Ring», Gesamtausgabe VII, S. 143)

Premierenfieber

Bis heute weiß ich nicht, wer von uns beiden aufgeregter war: Silja Walter als Hauptdarstellerin oder ich als Regisseurin. Es war ein kalter, später Dezembernachmittag 2004, wenige Tage vor dem Weihnachtsfest, als wir zu dritt, Abt Martin, Pater Theo Flury als männlicher Protagonist und ich als verantwortliche Redakteurin, auf dem Weg ins Kloster Fahr waren.

Anlass war die Vor-Premiere, die Vernissage, des Fernsehfilms «Zwei Leben hinter Klostermauern», der im Januar im Dritten Programm des Südwestrundfunks ausgestrahlt werden sollte.

Eine Woche lang hatten wir im September Schwester Hedwig, Silja Walter, diese kleine, zierliche Frau, mit Fernsehwünschen ziemlich drangsaliert. Abt Martin hatte mich noch gebeten: «Überanstrengen Sie mir Silja Walter nicht, sie ist schließlich 85 Jahre alt.» Wir hatten es versprochen. Und haben auch wirklich immer nur vormittags mit ihr gearbeitet. Aber wie oft hatte ich sie Texte nochmal und nochmal und nochmal lesen lassen. Wie oft musste sie, am Schreibtisch sitzend, einen Brief an Pater Theo schreiben. Mal war der Kameramann mit dem Licht nicht zufrieden, mal saß sie nicht aufrecht genug, mal verdeckte ein Arm das Geschriebene. Wie oft musste sie im Kreuzgang das Gedicht «Dahinter» rezitieren, ehe wir zufrieden waren. Es waren Kleinigkeiten, die korrigiert werden mussten; doch die ständigen Wiederholungen ermüden unsäglich und nerven. Aber nie kam ein Wort des Widerspruchs von Schwester Hedwig. Bereitwillig arbeitete sie mit.

Als ich zwei Wochen am Schneidetisch saß, mussten viele schöne Sequenzen, die wir gedreht hatten, der elektronischen Schere geopfert werden. Die vorgegebene Zeit saß mir im Nacken.

Viel Mühe und Arbeit meiner beiden «Hauptdarsteller» wanderten in den Papierkorb. Die Auswahl zu treffen fiel mir manchmal gar nicht leicht.

Und nun sollten zum ersten Mal fremde Augen diese Arbeit sehen, die bisher nur von einer abnehmenden Redakteurin und einer Cutterin angeschaut worden war.

Als wir drei aus Einsiedeln im Fahr ankamen, hatte Priorin Irene ein mehrgängiges Abendessen vorbereitet. Mir war der Hals wie zugeschnürt, ich bekam nur wenige Bissen runter. Mich beschäftigte nur ein Gedanke: Wie würden diese Klostermenschen auf den Film reagieren, den bisher nur ich kannte? Silja Walter ebenso wie Pater Theo hatten die Entscheidung allein mir überlassen. Mit den Worten: Du bist der Profi, Dir vertrauen wir, Du machst das schon, hatten sie mich an den Schneidetisch geschickt. Natürlich kannten meine zwei Hauptdarsteller ihre Texte, wussten, was wir gemeinsam entscheidend gedreht hatten. Aber von dem fertigen 45-Minuten-Werk

Subiaco

Eines wissen die Filmleute nicht: dass sie mir wieder das zugemutet haben, was immer dann geschieht, wenn ich mich ins Reduit einer stillen Zeit der von der Priorin erbetenen Nicht-Verfügbarkeit in meine Zelle zurückziehe.

Immer genau dann passiert es. Wieder wie hier. In die Öffentlichkeit hinaus Zeugnis von unserem monastischen Leben geben zu müssen, diesmal sogar durch ein überdimensionales, ein Television-Angebot, wo ich mich wie jetzt in die Klausur vergrabe, um mit meiner Berufung endlich Ernst zu machen, eben jetzt, wo ich mir darüber im Buch für Priorin Irene, «Regel und Ring», Rechenschaft gebe. –

So war es, als ich mir in meiner Zelle hinter dem Schrank eine von der Türe her nicht sichtbare «Höhle» eingerichtet hatte. Das war damals wieder einmal mein Subiaco. Da saß ich dann in der Meditation morgens und abends. Da fing sich in dieser Einsamkeit ein Buch zu schreiben an, das mich bald nach Erscheinen ins Zürcher Stadthaus holte, wo ein Junge mir Rosen von der Empore vor meinem Gesicht herunter zuwarf.

Und dann der Kulturpreis, wo ich doch in die «Wüste» fortgegangen war im Fahr – im Ernst, Kulturpreis in der Wüste!

Und noch einmal letztes Jahr. Obwohl ich Abt Martin versichert hatte, dass mir wieder ein Rückzug aus meinem Tun und Getue not tat, verordnete er mir einen Kulturabend in seiner Abteikirche. Es sei nicht schlimm, er selber werde die Sache leiten.

(Aus «Regel und Ring», Gesamtausgabe VII, S. 144–145)

hatten sie noch nicht eine Minute gesehen. Schwester Hedwig, am Tisch neben mir sitzend, aß auch nicht viel mehr.

Irgendwann war das Essen vorüber, und der Gang in die Bäuerinnenschule, wo sich das Premierenpublikum, Schwestern und Lehrerinnen, versammelt hatten, war unvermeidbar.

Silja hakte mich unter und fragte leise: «Können wir uns den Film nicht allein anschauen? Nur Du und ich? Muss ich jetzt da hinein?» «Ich glaube, wir müssen. Aber ich habe mindestens ebenso viel Angst, wie Du; wir werden das gemeinsam hinter uns bringen.»

Zwei Frauen, die sich fürchten ...

Die Vorführung begann. In der ersten Reihe, in unmittelbarer Nähe der riesigen Filmwand – riesig im Vergleich zum ja wesentlich kleineren Fernsehschirm – saßen Abt Martin, Pater Theo und Silja Walter, dann kam ein Gang, und daneben saß ich. Priorin Irene war nach hinten gegangen. Etwas seitlich sitzend hatte ich alle drei gut im Blickfeld, um ihre Reaktionen zu beobachten. Abt Martin war voller Aufmerksamkeit, Pater Theo lächelte, und Silja Walter strahlte. Ihre Wangen glühten, ihre Augen glänzten, wie ein Kind vor dem Weihnachtsbaum.

Der Film war ein Erfolg. Wir hatten ihn mit Engagement und Herzblut geschrieben. Wir wurden mit Applaus belohnt. Wir waren glücklich.

Danke, Silja, Schwester.

Ruth Geiger-Pagels

Lied der Armut.

Der Regen fällt in Tropfen
vom Flieder in die Hopfen,
vom Hopfen zum Jasmin.

Der Regen sinnt in Schnüren,
mich heimlich zu verführen,
zu weinen und zu knien.

Und göß er auch in Strömen,
was kann er mir denn nehmen?
Er plättet nur mein Haar.

Und bächt er alle Tränen
der Welt zum Überlaufen,
mein Herz bleibt still und klar.

Der Mond wird aus den Schlehen
schon wieder aufersteh en
Was bin ich denn betrübt?

Ist hinter allen Dingen,
die scheinbar nicht gelingen,
doch Einer, der mich liebt.

        Silja Walter.

Begegnungen mit Silja Walter

Fünfzehn Jahre alt war ich, als ich erstmals mit Silja Walter in Kontakt kam. In unserer Jugendgruppe in Winterthur planten wir in den fünfziger Jahren die Aufführung des Singspiels «Das Mädchen Ruth». Ich durfte Ruth sein – und wurde Ruth. Silja Walters Sprache vermochte mich tief zu erreichen, die Figur der Ruth kleidete mich. Mit großem Eifer verinnerlichte ich die Texte, lernte ich die Melodie singen zum «Lied der Armut», dem Lied vom Regen. Das Spiel wurde schlussendlich nicht aufgeführt – Silja Walters Texte hatten sich mir aber unauslöschlich eingeprägt. Bis heute vergeht kaum ein Gang unterm Regen, ohne dass dieses Lied in mir zu singen beginnt: vom Regen, der in Tropfen fällt vom Hopfen zum Jasmin, der mit seinen Schnüren mich heimlich verführen will zu weinen und zu knien. Zu Weihnachten erhielt ich kurz darauf Silja Walters kleinen Band mit frühen Gedichten geschenkt, und auch viele jener Zeilen gehören zu meinem persönlichen Liederschatz.

Später ging ich in demselben Haus zur Schule, in dem Cécile Walter von 1933 bis 1937 eine Prägung besonderer Art erfuhr: im Lehrerinnen-Seminar in Menzingen. Sehr überrascht hörte ich von meiner illustren Vorgängerin. Ich ging dann auch ins Kloster. Und da es damals Brauch war, bei der feierlichen Einkleidung den Namen zu wechseln zum Zeichen des Neubeginns, wurde ich Sr. Silja. Im Noviziat, das mir mit seiner Abgeschlossenheit schwer fiel, war mir Silja Walter mit ihren Dichtungen eine echte Hilfe. Ich kannte ihr Buch «Der Fisch und Bar Abbas» fast auswendig und war unendlich froh, dass ich, ein urban geprägter Mensch, dadurch wusste, dass die Stadt durch alle Mauern ins Kloster eindringt, wie dies Fr. Plazidus in der genannten Erzählung erfahren hatte. Und immer wieder war das Lied der Armut da: ist hinter allen Dingen, die scheinbar nicht gelingen, doch Einer, der mich liebt.

Später studierte ich Medizin. Als chirurgische Assistenzärztin hatte ich eine wunderbare Begegnung: Mein (Lieblings-)Patient war Hansruedi Balmer, der Buchhändler von Zug – ein Jugendfreund von Silja Walter, wie er mir verriet. Gemeinsam rezitierten wir ihre Gedichte im Krankenzimmer zwischen Schläuchen und grünen, piepsenden Kurven. Und noch sehe ich dabei das Lachen auf seinem Gesicht, das der Tod sehr bald auslöschen sollte.

Zusehends verlor ich dann den Zugang zu Silja Walters Werken, wiewohl ich ihr Schaffen weiterhin verfolgte und am gleichen Fluss wohnte. Aber vielleicht ist es ja genug, das «Lied der Armut» in sich zu tragen ... Ich bin Silja Walter sehr dankbar für dieses Geschenk an mein frühes Leben.

Sr. Silja Greber

Am Brunnen in der Stadt

Als sie jedoch am Ziehbrunnen stand und den Eimer schon eingehängt hatte, da sah sie wen auf der Mauer im Schatten sitzen. Es war ein fremder junger Mann, und er fing auch gleich mit ihr zu sprechen an. Erst bat er sie um ein wenig Wasser, und hernach besprachen sie sich über dies und jenes, während er aus ihrem Eimer trank.

Sie redeten miteinander über das heiße Wetter und über das gute Trinkwasser, das es hier gab, auch über den Mohn, der schon zum zweiten Mal blühte, und dass der Weizen bereits sehr reif sei. Dina erzählte ihm auch, wie alt der Brunnen schon war und die ganze Schöpfanlage, auch dass sie vermutlich nächstens repariert werde, das Seilwerk sei nichts mehr wert. Dann kamen sie auch auf die Berge hinter der Stadt zu sprechen, und sie sprachen sonst noch Verschiedenes miteinander und über allerlei sonst noch, denn er war sehr freundlich. Dina fand es sehr angenehm, mit ihm zu sprechen, sie sprach sehr gerne mit ihm. Doch dann sah er sie an und machte eine leise Bemerkung, er sagte zu Dina: Simon ist aber gar nicht dein Mann.

In der folgenden Nacht darauf hat Simon Dina umgebracht. Philipps Mädchen wussten es schon in der Frühe, sie sagten auch zu Philipp: Mit dem Messer, das er den Hähnen in den Hals stößt, hat er Dina umgebracht, denk dir. Aber Simon sah voraus, dass Dina die rote Korallenkette aus der seidenen Schachtel nehmen werde, um daraus ein kleines Pferdchen zu kaufen, auf dem sie in die Hauptstadt reiten wollte. Dina war ein schlechtes Mädchen, aber das war nicht der Grund, weshalb sie ein Pferd kaufen wollte, ihr armes Herz war der Grund. Denn die Herrlichkeit Gottes hatte Dina einen solchen Schmerz angetan, dass sie nur dachte: Jetzt geh ich nach Hause, und dann weine und dann weine ich. Dabei hatte ihr der junge Mann nur leise die Wahrheit gesagt. Aber mit seinem Wort brach er selber ein in Dinas Herz, mehr kann man nicht erklären. Wo er doch auch in seinem Wort ausbrach aus dem brausenden Busch im Moor.

(Aus «Sie warten auf die Stadt», Gesamtausgabe I, S. 201–202)

Und auf mich wartete die Stadt

Gabriele wiederholte oft, dass ich aufbrechen müsste. *Die Stadt* warte auf mich, meinte sie. *Jene Stadt*, wo die Wege, die seit jeher ihre eigenen waren, auch die meinen werden wollten. Seit langer Zeit hörte ich jedoch das Rufen dieser Gegend. Nicht, dass ich mich sonderlich für sie interessiert hätte, aber *die Stadt* ließ mich nicht los und so kam ich eines Nachmittags tatsächlich an. Ein großer Reisekoffer und darin nur ein kleiner Reiseführer. Von einer Ordensfrau geschrieben, die immer in fremde Städte aufbricht und eine große Freude darin hat, dass der Flughafen in ihrer Zelle beginnt. Aber, wie Sie wissen, liegen die meisten Start- und Landebahnen am Rande der Stadt, genau wie die Wohnung der Moniale. Meinen kleinen Reisebegleiter schenkte mir meine Zürcher Freundin, die in Antiquariaten wohnt und genau weiß, dass zu einer großen Reise nur Bücher im Taschenformat gehören. Den Rest des Koffers füllen Erwartungen und Hoffnungen. Vor Ort, können Sie diese, wenn Sie möchten, gegen Erinnerungen und Geschenke tauschen. Daher muss der Koffer fast ganz leer sein, damit Sie erfüllt nach Hause zurückkommen.

Schon während des Flugs bemerkte ich, dass mein Reiseführer nicht ganz zu meiner Route passte. Es handelte sich, so der Titel, um diejenigen, welche auf *die Stadt* warten. Für sie war die Veröffentlichung gedacht. In meinem oder ähnlichen Fällen hätte die Autorin besser eine andere Idee kommen sollen, z. B.: «Auch auf Dich wartet *die Stadt*!» Es gibt tausende Menschen, die große Reisen planen und diese vor dem Fernseher realisieren. Es gibt aber nur eine einzige *Stadt*, die ruft, dass Sie zu ihr kommen, und gerade für solche Anlässe wäre ein anderer Reiseführer ganz praktisch. Bildbände und Fotos verändern die Welt dramatisch.

Ich bin endlich da und fühle, wie für mich gesorgt wird: überall – am Flughafen, in Restaurants, nahe der Imbissbuden, an Haltestellen und Busbahnhöfen stehen Soldatinnen und Soldaten. Gabriele schrieb mir noch kurz vor Beginn meiner Reise, dass gerade diese jungen Menschen möglicherweise eine direkte Verbindung zu den Erzengeln hätten. Trotz dem Umstand, dass sie Gabriele heißt und diese Verbindungen wahrscheinlich am ehesten erkennen kann, fand ich diese Sicherheitsmaßnahmen zunächst lästig, bis ich verstanden habe, dass es vielleicht eine andere Bedeutung hat als eine Überrepräsentanz der Erzengel. *Die Stadt* hatte mich warm empfangen – mit ihren lärmigen Straßen und verwinkelten Gassen der alten Viertel und der Sprache ihrer Einwohner. Ein uraltes Idiom, das nach mehreren Jahrhunderten, wieder belebt, *die Stadt* und ihre Umgebung begleitet. In meinem Reiseführer stand allerdings nichts Genaueres darüber, wie man diesen Ort erkunden sollte. Erfahren habe ich jedoch, dass diejenigen, welche auf *die*

Stadt auch jetzt warten, oft aus Zeitläufen geraten oder gar diese verlassen. Um die Schönheit *der Stadt* zu sehen, muss man diese auch von einer ungewöhnlichen Perspektive betrachten.

Ich hörte in dieser Hinsicht auf den Rat einer netten Kellnerin aus einem alten Cafe, die mir empfohlen hatte, die Straße Nummer 60 zu nehmen und bis zur Grenze hinauszufahren. So bekommt man, nach Ansicht vieler, die da gewesen waren, eine andere Sicht auf das Ganze. Ich fasste den Entschluss, mich nur noch auf den Raum und seine Dimensionen zu konzentrieren. *Die Stadt* und die Umgebung sprechen ihre Zeit selbst aus. Die Kellnerin hatte mich noch gebeten, den Reiseführer nicht liegen zu lassen. Es wäre auch schade um die Zeichnungen von Hanny Fries. Die Zeichnerin wusste, wie man in Konturen zeigt, wenn Menschen warten. Keine Ruhe herrscht auf den Bildern; gewartet wird ungeduldig, genau wie im Leben – in Freud und Leid. Von den Betrachtenden hängt es schließlich ab, ob sie diese mit Farben und Inhalten füllen. Dies blieb auch der jungen Kellnerin nicht verborgen. Ich stellte schnell fest, dass sie die alte Königsstraße meinte. Diese verläuft in der Mitte entlang eines Bergmassivs, dessen Höhe kaum 1000 m überragt. Die uralte Route führte mich aus *der Stadt*, und bald wird die Perspektive ganz ungewöhnlich: Zwischen ihren Vierteln und dem Draußen schlängeln sich eine Mauer, Trennwände und Stacheldraht. Junge Soldaten prüfen unseren Bus, kontrollieren den Fahrer und lassen letztlich uns durch. Ich bin unterwegs in den Norden.

Auf *die Stadt* versuche ich mit nun Dinas Augen zu schauen. So nannte die schreibende Benediktinerin jene Frau. Einst hat sie an einem der ältesten Brunnen der Welt einen jungen Mann getroffen. Auch wenn es gegen die damalige Sitte war, ergab sich ein Gespräch. Es ging um dieses und jenes, aber nicht nur. Der Mann legte Dina eine unbequeme Wahrheit nahe. Auch wenn sie diese nicht absichtlich zu verbergen suchte, spürte sie zunächst, wie sich ihre Kehle fast zuschnürte. Es ist doch immer unangenehm, von Fremden zu hören, dass das eigene Herz zu viele dunkle Geheimnisse hütet. Erstaunt und zugleich befreit akzeptierte Dina die Worte aus dem Mund dieses Fremden. Er war unterwegs in *die Stadt*, wohin sie aber nur selten ging, denn dort wurde ihr und ihren Landsleuten mit Spott und Abneigung begegnet. Auch heute, wenn in der Umgebung andere Menschen wohnen, herrschen dort Gewalt, Hass und Schmerz. Das Wasser im Brunnen ist nicht verschwunden und es dient der dortigen Bevölkerung, wie vor Jahrtausenden. An jenem hitzigen Mittag hörte Dina das Versprechen des Fremden, dass die Zeiten nahen, in welchen alle Menschen fähig werden, Gott nicht nur in *der Stadt* anzubeten, sondern überall auf der ganzen Welt, im Geist und in Wahrheit. Dina hatte diese Nachricht nicht nur dankbar angenommen, sondern teilte diese den Ihren mit! Es kommen Zeiten, dass Menschen nicht mehr lange auf die Rettung warten müssen. Und das ewige Leben bleibt ihnen nicht versagt. Wie Wasser des Lebens, werden sie durchtränkt mit Gottes Herrlichkeit.

Dina trug die Botschaft hinaus, und auch ich habe sie meinem Reiseführer entnommen. Und ich hörte das Rauschen des Wassers. Damals nahmen der fremde Mann und seine Freunde den kürzesten Weg in *die Stadt* zurück, damit Seine Worte in Erfüllung gingen. Als Er aber durch diese Gegend wanderte, gab es noch keine Mauern, keine Stacheldrähte, keine zugesperrten Straßen. Und die königliche Route bildete den Hauptweg. Und nur noch die Tempelmauer *der Stadt* war und ist wie immer hellhörig, schwer von Schmerz und menschlichem Leid. Ich muss durch Mauern und Grenzposten. Morgen fliege ich zurück. Mein Koffer ist leer. Darin wohnt aber meine Hoffnung, dass *die Stadt* nie aufhört, mich ruft und letztlich nur darauf wartet, aus dem Himmel niederzukommen. Für mich, für alle, in Geist und in Wahrheit.

Malgorzata Grzywacz

Und viele Frühlinge sind erwacht,
um die Haselstaude – erwachsen ist sie geworden.
Beständig lauscht sie dem Leben um das neue, alte Haus
das wieder Kindheitsgeschichten schreibt.
So beeindruckend, so spannend, so liebevoll. So oft Gott will

Danke für all' die Momente unserer Familiengeschichte
Philipp, Susanna, Joel und Giulia Glutz

«Ich sehe dann aus der Haselecke unterm Wolkenbaum, wie ich an einem Frühlingsnachmittag fortgehe von drüben, aus dem neuen Haus, ins Kloster. Mama hat mich erst nicht gehen lassen wollen, aber ich musste gehen. Was wollte ich anders, mit dem Schwert – nicht in der Hand – im Herzen.»

Die Irre

Ich bin nicht da. Ich bin doch irgendwo?
Ich gehe laut, behorche meine Schritte,
Doch rühr ich mein Gesicht an, klingt es so,
Als breche man ein Kelchglas in der Mitte.

Ich leid dies Klingen unter jedem Blick.
Die Stadt blickt einen abends fast entzwei.
Lasst mich doch los, sonst laufe ich zurück
Mit tausend Scherben im Gesicht und schrei.

So schaut mich tot. Ich bin ja doch nicht da.
Der Regen meint es auch, der auf mir spielt.
Es wundert ihn, was mittags denn geschah,
Dass sich mein Mund so seltsam hart anfühlt.

Ich weiß es nicht. Ich tränke gerne Wein.
Hielt gern in Händen große Akeleien.
Ich wollt ein schönes totes Standbild sein
Am Brunnenrand und leblang nicht mehr schreien.

Dann leget ihr erschreckt mir Gitter um.
O tut es doch in dieser schweren Nacht
Und süße Dunkelheit darum herum,
Die alle Dinge tödlich schlafen macht.

Dann gäb es keine grauen Gassen mehr
Und nie mehr ein Gesicht, so gut wie seins.
Der Tag wär eine stete Wiederkehr
Der Nacht im Tonfall kupferroten Weins.

Dann kehrt ich sorgsam wieder zu mir heim
Und küsste mich und wäre selber wieder.
Ich sänge mich zu einem neuen Reim
Und sänge alle eure Gitter nieder.

(Gesamtausgabe I, S. 33)

Gedanken zum Gedicht «Die Irre»

Zu Weihnachten 1952 erhielt eine frisch patentierte Lehrerin von ihrer Vermieterin ein schmales Bändchen mit Gedichten von Silja Walter geschenkt. Kein Zufall, war doch das «Christkind» gleichzeitig die Tante der Autorin. Im Nachlass meiner Mutter, welche die Beschenkte war, habe ich das Objekt entdeckt. Inspiriert durch die Schriften jener Frau im Fahr dachte sie als junge Pädagogin über einen Klostereintritt nach und nahm dazu mutig den Kontakt zur Schriftstellerin auf. Diese wiederum begleitete jenen komplexen Entscheid zwischen Nonnen- oder Familienleben wie eine größere Schwester.

Beim Durchblättern des Bändchens bleibt mein Auge einen Moment lang an einem irritierenden Titel hängen: «Die Irre». Meine Verblüffung über den Kontrast zu anderen Gedichten in jugendlicher Beschwingtheit löst ein Nachdenken aus. Als Buchzeichen ist ein Professbild der Schwester Maria Hedwig eingelegt. Die blühende junge Nonne im Festtagshabit will so gar nicht zum merkwürdigen Titel passen.

In dem Gedicht wird der Leser mit dem verletzten Gesicht einer jungen Fremden konfrontiert, einer sich Auflehnenden, nach Leben Dürstenden. Der von der Gesellschaft zum Irren gestempelte Mensch hat eine stärkere Sensitivität dem Leben gegenüber, er leidet stärker an dessen inhärenten Bedrohungen. Auch unser Gedicht verharrt in einem Augenblick ausgloser Sehnsucht und einem Appell an bedrohliche Mächte, etwas zu tun und es gleichzeitig zu lassen. Ob die im Text genannten Gitter jene der Klausur sind, bleibt offen. Es gibt Bande, welche Seelenflügel stärker zurückhalten als jene sichtbare Schranke einer bevorzugten Lebensform. In meinem Geist tauchen Kämpfe und Nöte junger Menschen auf. Für das eigene Leben Bedeutendes spitzt sich unvermittelt auf eine Entscheidung hin zu, der man sich nicht entziehen kann. Gegen Ende entsteigt in einem Augenblick der Ermattung ein Gesicht aus vergessen geglaubter Erinnerung. Es ist nicht das eigene, jenes zur Maske erstarrte und zersplitterte Kelchglas. Es ist ein durchaus gutes Sein, welches verloren geglaubtes Leben zurückschenkt und Selbstannahme erlaubt. In der Heimkehr der Seele zu sich selbst darf beginnen, was Schwester Siljas Bruder Otto 1989 in einer kurzen handschriftlichen Notiz so formuliert hat: «Anfangen ins Nochnicht hinein», und endend mit «Wie sie», gemeint ist die Geschichte, «anhebt und geht und dereinst ausgeht, weiß zur Zeit nur einer: der mir noch längst in der Zukunft auf mich wartende letzte Satz.»

Josef C. Haefely

Erscheinung des Herrn

AUF, ZION, WERDE LICHT,
DENN DEIN LICHT IST DA!

Was Jesaja voraussagt,
ist heute geschehen:
Wir haben dein Licht gegessen.
Wir haben dein Licht getrunken.
Dich selber,
dich Licht,
JESUS CHRISTUS:

AUF, ZION, WERDE LICHT,
MEIN GLANZ RUHT AUF DIR!

Du, Herrlichkeit,
Gott,
die heute zu uns spricht,
gib uns Raum für dein Wort:
Zeiten des Schweigens,
der Ruhe in dir.
Auf dass du sprichst
und aufleuchtest
aus unserem Wesen und Leben
und Tun.
Erscheinung des Herrn
sind wir in der Welt dann:
THEOPHANIE!

Amen.

(«Gottesdienst», 17 [1983] 191)

Ein nachhaltiger Beitrag zur Erneuerung der Liturgie aus dem Geist des Zweiten Vatikanischen Konzils

Persönlich bin ich Silja Walter nur einmal begegnet, und zwar als Benediktinerin in ihrem Kloster unweit von Zürich. In meiner Erinnerung war es ein sonnig strahlender Tag im Sommer 1983. Zusammen mit dem damaligen Leiter des Liturgischen Instituts Zürich und Redaktionsbeirat der Schweiz für die Zeitschrift GOTTESDIENST, Pfarrer Thomas Egloff, hatte ich mich von Trier auf den Weg zum Kloster Fahr gemacht, in der Hoffnung, die berühmte Schriftstellerin für ein Projekt zu gewinnen, das mich damals als Schriftleiter der genannten Zeitschrift umtrieb: Ich wollte einen Beitrag leisten, dem in der Liturgie der Römisch-Katholischen Kirche mehr als tausend Jahre vernachlässigten Alten bzw. Ersten Testament Gewicht und Wertschätzung zu verschaffen in den Köpfen und Herzen der Gottesdienst Feiernden. Zum 20. Jahrestag der Liturgiekonstitution wollte ich den damals mehr als 10.000 Leserinnen und Lesern dieser ‹Information und Handreichung der Liturgischen Institute Deutschlands, Österreichs und der Schweiz› Geschmack geben an einer Speise auf dem reich gedeckten «Tisch des Wortes», die – wie ich in «Auf zwei Minuten» schrieb – von den meisten noch als schwerverdauliche Kost liegen gelassen wird.

Wir trafen auf eine quicklebendige Frau, die von immer neuen Einfällen überwältigt uns mehrmals verließ, um aus ihrer Zelle immer neues Material zu holen und mich zu jeder neuen Idee freimütig mit den schönen Ausgaben ihrer Werke zu beschenken. Als wir abreisten, hatte ich aber nicht nur diese schönen Bücher in der Tasche, sondern auch eine Zusage: Silja Walter wollte für die Sonn- und Festtage der Geprägten Zeiten und zu den Herrenfesten des Kirchenjahres «Meditationen nach der Kommunion» schreiben, wobei sie sich von den alttestamentlichen Texten der 1. Lesung inspirieren lassen sollte. Rechtzeitig und regelmäßig trafen die versprochenen Texte in der GOTTESDIENST-Redaktion ein. So konnten wir im 17. Jahrgang mit Heft 22/1983 eine Serie eröffnen, die mein Nachfolger in der Schriftleitung, Dr. Eduard Nagel, noch bis Mai 1985 weitergeführt hat.

Die Schriftstellerin hat die Texte dann – ergänzt und überarbeitet – 1985 im Verlag Herder unter dem Titel «Kommunionpsalter. Für alle Sonn- und Festtage im Kirchenjahr» nochmals veröffentlicht und dadurch für den Gebrauch im Gottesdienst leichter und auf Dauer zugänglich gemacht. Ich jedenfalls setze sie immer wieder einmal ein und werde dazu auch von den Lektorengruppen ermutigt, mit denen ich im Kloster Namen Jesu in Solothurn den Sonn- und Festtagsgottesdienst vorbereite. Wir gebrauchen die Texte freilich nicht als «Psalter» mit dem in der Herder-Ausgabe vorgesehenen Leitvers aus der jeweiligen Lesung, sondern als Meditationstext, in die Stille nach

Erscheinung des Herrn

*Du wirst es sehen und strahlen,
denn der Reichtum des Meeres
strömt dir zu.*

Reichtum, Licht
aus dem Urmeer, Gott,
du strömst in mich ein
im Brot und Wein,
Christus. –

Du wohnst in der Nacht
meines Glaubens,
dich esse ich,
trinke ich.
Licht.
Dein Mahl
endet in Ewigkeit nicht.
Im Brot und Wein
strömst du herein
in die Völker der Erde,
Christus.
Sie werden dich sehen und strahlen. –

(Gesamtausgabe X, S. 339)

der Kommunionausteilung hinein gesprochen. So fasst das Wort der Schriftstellerin immer wieder einmal alles zusammen, was vorher gesprochen und gesungen wurde in dieser Messfeier. Silja Walter hilft uns so, «Vom Alten Testament her das Neue Testament neu verstehen und erschließen», und lädt uns dabei ein zur «Selbstüberschreitung», wie Alfons Deissler im Leitartikel zur Eröffnung dieser Serie im gleichen Heft gefordert hat.

Danke für diesen nachhaltigen Beitrag zur Erneuerung der Liturgie aus dem Geist des Zweiten Vatikanischen Konzils! Vielleicht konnte der nur einer Benediktinerin gelingen, freilich einer, die im siebten Lebensjahrzehnt stehend uns mit entwaffnendem Freimut gestand: «Mit der Liturgie habe ich immer meine Schwierigkeiten gehabt!»

Werner Hahne

«Befreite Frauen»
Acryl auf Leinwand
60 x 70 cm
1994

Befreite Frauen

Die steinerne Klammer
des Herzens zerspringt.
Ich spring aus der Kammer,
    aus Zwängen und Jammer –
Ich tanze,
ich tanze,
    die Rose im Blut.
    Bin frei,
        bin ein Mensch,
    bin schön und bin weise,
    und gut –
Ich tanze ...

Ich tanze,
ich tanze,
    den Stern im Haar,
    bin endlich ein Mensch,
    bin schön und bin leise
    und wunderbar
    getragen von Gott.
Ich tanze ...

(Gesamtausgabe VIII, S. 256)

Verena, die Quelle

Als ich vor Jahren den befreundeten Musiker Carl Rütti anfragte, zu meiner eben entstandenen Bilderreihe «Verena die Quelle» ein Oratorium zu komponieren, erhielt ich seine Zusage unter der Bedingung, dass Silja Walter zu meinen Bildern Gedichte schreibe. Unverzüglich schickte ich an Silja Walter ein Foto meiner ersten Fassung zum «Pharao». Da die hl. Verena aus Ägypten stammte, wollte ich diesen Kulturkreis andeutend in den Zyklus einbeziehen. Das Gedicht, das Silja Walter zurücksandte, warf alle meine Vorstellungen über den Haufen. Ich malte ein neues Bild! Eines, das sich nicht mehr an Darstellungen aus Büchern orientierte. Silja Walter ließ, unbekümmert um historische Zeitläufe, den großen Pharao Echnaton in seinem ganzen Glanz in der Verenageschichte auftauchen. Er erschien als eine innere, überzeitliche Wirklichkeit, sonnenhaft souverän, in lebendiger Beziehung zum Geschick der jungen Verena, die aus seinem Lichtkreis ausbrach und einem neuen Gestirn, dem Christus, folgte. Ich verstand: Auf die innere Vision kam es an. Von daher sollten die schöpferischen Kräfte ihren Weg ins Sicht-bare, Hör-bare finden.

Das Bild «Befreite Frauen» knüpft an die Legende an, die von der urchristlichen Ägypterin Verena erzählt. Heimatlos kommt sie nach Solothurn und lebt verborgen in einer Höhle: nahe der Stadt. In der bedrängenden Situation der Entbehrung und Einsamkeit findet sie immer mehr zu einem existenziellen Glauben. Auch zu einem heilenden, lehrenden Tun unter den Frauen der Umgebung, die zu ihr kommen. Diese Frauen führt Verena aus dem Ghetto ihres Daseins heraus und ermutigt sie, aufzubrechen auf den Weg zu innerer Freiheit.

Das Gedicht von Silja Walter zu diesem Bild ist keine nachzeichnende Illustration in Worten. Vielmehr setzt es sich eigenständig in Bewegung. Es umgrenzt andeutend Lebensphasen, die auch wir heutige Frauen kennen. In seinem musikalischen Klang veranlasst das Gedicht, spannungsvollen Gegenübersetzungen nachzuspüren, von Enge und Weite, von Trauer und Freude. Der Leser kann ermessen, dass die Dynamik des Wortes aus der Tiefe der persönlichen religiösen Erfahrung der Dichterin steigt. Dieses innere Erfahren von Silja Walter kommt gleichsam «in Fluss» und ist hineingenommen in den großen Strom christlicher Tradition, Nichts zerfließt im unbestimmt Beliebigen. Wir werden ermutigt, das Echte, Ursprunghafte zu suchen und zu finden.

Ich danke Silja Walter für ihre Gedichte zu meinen Bildern «Verena die Quelle» und für die schöne, sehr anregende Zusammenarbeit.

Maria Hafner

Rose – Schwert

Diesmal wollte ich nur ein wenig in die Dorfkirche von Hägendorf gehen, einfach so, ein wenig beten und die Heiligen anschauen an den Wänden über den drei Altären, Gervasius und Protasius auf der rechten, Elisabeth und Katharina auf der linken Seite, und die goldenen Blumen und Engel, nur ein wenig sitzen und sie ansehen und dann wieder nach Hause laufen. Ich war allein, eine Rose hatte ich diesmal nicht mitgebracht, ich konnte auch ohne Rose für Papa beten. Kein Mensch war da außer mir, und kein Mensch glaubt es, wenn ich ihm sage, was plötzlich geschah: Auf einmal, es ging kein Wind, kein Lüftlein, keine Türe, kein Fenster, nichts regte sich rund um mich in der Stille, da sprang das silberne Holzschwert der heiligen Katharina aus der Hand, sprang herunter, und fiel vor mich hin auf den Boden –

Ich hatte Gott Rosen gebracht für Papa, aber er warf mir keine zu, aus dem Mantel der heiligen Landgräfin Elisabeth von Thüringen, dabei hatte sie eine ganze Menge in ihrem gerafften Mantelkleid. Keine Rose – das Schwert der Katharina von Alexandrien habe ich zugeworfen erhalten.

(Aus: «Der Wolkenbaum»,
Gesamtausgabe VI, S. 174–175)

Also doch eine Rose!

«Keine Rose – das Schwert der Katharina von Alexandrien habe ich zugeworfen erhalten.» So lautet der letzte Satz Silja Walters in *Der Wolkenbaum – Meine Kindheit im alten Haus*. Er deutet an, dass nach den glücklichen Kinderjahren, die ihre Begabung zu dichten heranreifen ließen, ihr einige Prüfungen bevorstanden. Aber sie tut den Sprung, geht ins Kloster, weil sie sich gerufen fühlt.

Dort hat man nicht auf sie gewartet, die Talentierte, die Intellektuelle. Was soll sie da? Die Reihe ihrer literarischen Werke ist nicht die – ganze – Antwort. Diese heißt: den Willen Gottes tun. Es scheint Sein Wille zu sein, dass Unzählige, besonders Frauen, beim Lesen ihrer Schriften neuen Lebensmut schöpfen, den Sinn ihres eigenen Lebens verstehen lernen.

«Ich weiß nicht, warum das so ist», endet Siljas frühes Gedicht *Verloren*. Fragt man sie, warum sie ins Kloster gegangen ist, sagt sie: «Ich musste es einfach tun.» Statt einer Rose der heiligen Elisabeth wurde ihr das Schwert der heiligen Katharina zugeworfen, damals in der Kirche von Hägendorf. Konnte sie es danach in den Griff bekommen? Aber die Klinge? Was war sie, was ist sie? Die Unerbittlichkeit der Entscheidung? Die Unterscheidung der Geister? Die Schärfe des Stils, der in Zukunft das rechte Wort der schreibenden Nonne unterworfen werden soll? Bloß das richtige Wort genügt nicht, auch kein eiferndes gegen andere, denn «wer zum Schwert greift, wird durch das Schwert umkommen». Aber jetzt, im reifen Alter, gälte ja ohnehin: «Stecke das Schwert in die Scheide!» So bleibt es sanfte Wegweisung. Silja Walter könnte das Schwert wieder in die Kirche von Hägendorf zurückbringen und es gegen die Rose eintauschen.

Die literarische Qualität von Siljas Werk zu untersuchen, hat für mich nicht Vorrang. Sie selbst versteht ihr Werk als Erfüllung des Auftrags, zu melden. Wem daraus Freude erwächst, Gottvertrauen oder gar Gottesliebe – solch schwierige Begriffe müssen für die Lebendigkeit dieses Werks herhalten –, dem genügt in diesem Fall der Begriff «Literatur» nicht.

«Ich weiß nicht, warum das so ist», lautet der letzte Vers jenes frühen Gedichts. Ins Kloster zu gehen, ist selten geworden heute, erst recht, wenn sich ein großes Talent ankündigt. Wer immer jedoch von Silja mit neuer Kraft und Freude beschenkt worden ist, kann wissen, dass ihr diese Geschenke nur durch ihr Ja zu Gottes Ruf zur Verfügung stehen. Also doch eine Rose! Noch mehr als für ihr Melden, ihr Schreiben, danke ich Silja für dieses Ja, das die Quelle ihres Dichtens ist.

Margrit Huber-Staffelbach

Die Matte

Tagsüber läuft Gomer
nun
über die Matte aus Stroh
eine gestreifelte Matte
aus halben
und ganzen Stunden gestreifelt
rot gelb und blau
gestreifelt.
Darunter lebt
das ewige Leben.

Gehorsam

Man darf aber nicht
springen
von rot in rot
über gelb hinweg
zum Beispiel.
Eine Nonne geht genau
ganz genau.

*(Aus: «Der Tanz des Gehorsams»,
Gesamtausgabe II, S. 102 und 105)*

Tanz des Gehorsams

Bei Führungen im Kloster Kappel gibt es einen Augenblick, auf den ich zählen kann. Im Kreuzgang erkläre ich die Regel des Heiligen Benedikt, nach der auch die Zisterzienser von Kappel lebten. Dabei hebe ich den Lebensrhythmus hervor, der sich in den vier Flügeln der Anlage spiegelt. Vor allem den Gästen, die einige Zeit im Haus sind, gebe ich den Rat, sich in der Begegnung mit diesem Rhythmus auf den eigenen Rhythmus zu besinnen. Diese kleine seelsorgerliche Lektion verdanke ich dem «Tanz des Gehorsams» von Silja Walter. Gemäß Widmung eines längst verstorbenen Freundes erhielt ich das Buch am 10. Februar 1971. Während eines siebenwöchigen Spitalaufenthaltes kurze Zeit später wurde es zu einem entscheidenden Begleiter. Die gestreifelte Matte prägte sich mir tief ein. Rot – Gebet. Blau – Arbeit. Gelb – Lesung. Die Farben ergänzte ich, zum Beispiel durch Orange fürs Faulenzen. Immer wieder kehrte ich indessen zum Grundsatz «Man darf aber nicht springen» zurück. Die Anleitung ist wichtig, nicht an einem Streifen zu haften und dafür einen anderen zu überspringen. Der Rhythmus würde so verlorengehen. Die Versuchung dazu ist auch der jungen Nonne nicht ganz fremd: «Die Zuckerrüben sind jedoch schwer. Ich bringe sie nie über die Latten beim Wurf in den Karren abends im Acker wegen der kalten Hände auch.» So möchte auch ich Blau manchmal überspringen. Die andere Seite: «Rot ist Gebet. Man möchte immer in rot sein und glühen, sonst nichts, die ganze Zeit. Das darf man aber nicht: So bringt man den Mönchstag nicht auf.»

Als ich «Der Tanz des Gehorsams oder die Strohmatte» erhielt, war ich 32 Jahre alt; jetzt bin ich 71 Jahre. Die heilsame Herausforderung bleibt, und ich bin dankbar, dass ich sie bei meinen Führungen auch noch weiterreichen kann.

Christoph Hürlimann

26. 3. 1987

Meine liebe Schwester,

Jetzt will ich Dir nur schnell sagen, wie gut ich Deine "Suche nach einem Einstieg" finde. Du bist vielleicht längst weitergekommen, ich wünsche es Dir; jedenfalls: das ist alles so gut, so intensiv anschaulich, auch oft heiter, bildstark, sinnlich begreifbar, dass ich Dir meinen Glückwunsch sagen muss! (Winzigkeit: ich wär froh, wenn Du im Vorwort nur von meinem neuen Roman, nicht von einem Familienroman redetest, ja?).

Vielleicht hast Du aus jenem einen Text, den ich Dir schickte, ablesen können, dass ich da viel hemdsärmliger mit der Rickenbacher Realität umspringe als Du in Deinem autobiographischen Bericht, so erzählerisch bewegt und subjektiv Du ihn auch schreibst. Sie ist – in diesem meinem fiktiven Projekt – wirklich nichts weiter als Rohmaterial, aus dem ich nehme, was ich grad so brauche – auch ich selbst, meine Erinnerungen und Empfindungen, sind nichts weiter als "Material", ebenso die Figuren, die Menschen, die meine Kindheit/Jugend bestimmt und begleitet haben. Das Glutzhaus und das Haus unserer Eltern: bei mir sind sie in eins verschoben – das grosse alte Haus enthält – als Beispiel – die Halle und das Treppenhaus des neueren, aber den hohen Flur des älteren, worin dann allerdings wieder das Bild "Die heilige Familie" im Goldrahmen aus dem neueren hängt...Ein wenig habe ich Angst, unsere Schwestern könnten sich schwer tun mit diesem Unterschied zwischen Deiner und meiner Arbeit, der bereits ganz grundsätzlich im Ansatz liegt. Angst, weil ich ja letzten Endes eine ziemlich schreckliche Geschichte erzähle, die, wie gesagt, der Versuch ist, den uralten griechischen Mythos von der Orestie in meine Zeit zu holen als das Grundmuster für die Geschichte des Landes CH vor, während und nach dem Zweiten Weltkrieg, die ich als eine Geschichte aus dem Patriarchat erzähle, auf wohl rund 450 Seiten – Du verstehst?
Da kommt einer nach Jahren ins verfallende Vaterhaus zurück, liest im alten Tagebuch seiner Tante, seine Mutter sei nicht eines natürlichen Todes gestorben, sondern umgebracht worden; nun sucht er in den Jahren seiner Kindheit, seiner Jugend Motiv und Täter(in), bis er am Schluss auf sich selber (als den Täter) stösst, auf sich (Orest) und seine Schwester (Elektra)...

Zwei Rickenbacher Häuser:

Die Kindheitsräume von Silja und Otto F. Walter –
Fiktion und Realität

Wir werfen einen Blick auf das Jahr 1987, Silja und Otto F. Walter sind mit *Der Wolkenbaum* und *Zeit des Fasans* je mit literarischen Projekten beschäftigt, die sie in ihre Kindheitsräume zurückführen: in die beiden Elternhäuser in Rickenbach bei Solothurn, in das ältere Glutz-Haus und das neuere ‹Haus Cécile›, die der großen Verlegers- und Nationalratsfamilie repräsentative Heimstätte waren.

Der «Nicht-Zeichner O. F.» hat Letzteres als Grundlage genommen für eine Zeichnung im Zusammenhang mit seiner Arbeit an *Zeit des Fasans*, worin die Realität mit phantastischen Elementen ergänzt wird: mit dem Auge im Dach und der Gämse in der Wolke. Anders Silja, die das Blatt «irgend einmal in Hände hielt» und sich fragte, «was das solle». «Daraufhin habe ich […] daneben das alte, das Haus meiner Kindheit vom Buch *Der Wolkenbaum* gezeichnet und zwar, außer dass es in Wirklichkeit nicht so hoch ist, völlig stimmig[.]»[1]

Die Zeichnungen beider Elternhäuser der Geschwister auf demselben Blatt – eine archivarische Trouvaille[2], die auf den je unterschiedlichen Umgang mit autobiographischem Rohmaterial verweisen, den die beiden in ihren Werken *Der Wolkenbaum* und *Zeit des Fasans* gepflegt haben. Diese Häuser werden in Siljas *Der Wolkenbaum* und Otto F.s *Zeit des Fasans* zum architektonischen Rahmen literarischer Texte.

In *Zeit des Fasans* (1988) gibt das von der Schwester des Protagonisten bewohnte Familienhaus der Handlung den architektonischen Rahmen: «Es handelt sich um einen größeren, komplex angelegten Roman. Darin bewegt sich der 44-jährige Thomas Winter auf den Spuren seines Clans, einer heute heruntergekommenen Unternehmerfamilie. Im Zentrum wird dessen Geschichte stehen, die Zeit zwischen 1928 und heute im Land CH, die Suche nach dem Eigenen in Vergangenheit und Gegenwart»[3], beschreibt Otto F. selber sein Projekt. Die Rickenbacher Realität ist «in diesem meinem fiktiven Projekt – nichts weiter als Rohmaterial, aus dem ich nehme, was ich gerade brauche[.] […] Das Glutz-Haus und das Haus unserer Eltern: bei mir sind sie in eins verschoben – das große alte Haus enthält – als Beispiel – die Halle und das Treppenhaus des neueren, aber den hohen Flur des älteren[.]»[4] Die autobiographische Realität ist hier Rohmaterial, Grundlage für die Fiktionalisierung eines Stoffes, dessen literarische Ausarbeitung mittlerweile zu den wichtigsten literarischen Zeugnissen zur Schweizer Auseinandersetzung mit dem Nationalsozialismus gehört. Das heruntergekommene Familienhaus

Ich lege Dir hier nochmal ein Stück bei, einen Abdruck aus der
"Berner Zeitung", woras Du ersehen magst, wie da das Erzählen
als Fiktion funktioniert.

Insofern also wird Dein Buch unvergleichlich viel "wahrer" Deine
und unserer Familie Geschichte erzählen als meins, so poetisch
auch sie sich verwandelt in Deiner "Kamera". "Man hat eine versunkene Stadt in sich, unten im Grundwasser..." - ein starkes,
ein wahres und für Dein Erzählen, wie auch für meins, höchst zutreffendes Bild. Ich hoffe, ich kann den Satz irgendwo, ausgewiesen als Zitat, bei mir einsetzen. Mein Thom verirrt sich einmal
in Kellergewölben, in immer neuen, in einer Flucht von über-und
untereinanderliegenden Kellergewölben...einer Stadt. Und übrigens,
Deine Geschichte vom Heuwagen in der Scheune, und wie er mitsamt
Ladung und Euch drauf in die Höhe gezogen wird - wie leichthin wie
stark sie daherkommt! Gibst Du mir gelegentlich wieder etwas aus
dem Manuskript zu lesen?

Eigentlich komme ich an der Arbeit gut voran. Wäre da nicht der
ewige mich immer neu wegrufende "übrige" Alltag mit seinen Pflichten.[

Du kennst das -] [...]

Ich grüsse Dich ganz kkx lieb und herzlich als
Dein Bruder

des Romans, literarisch konstruiert aus den beiden Kindheitshäusern Otto F.s, wird zum Kristallisationspunkt von Zeitgeschichte.

Ganz anders bei Silja. Deklariert autobiographisch präsentiert sich *Der Wolkenbaum* von 1991. Der Realität der eigenen Erfahrungen verpflichtet, schildert sie ihre Kindheitsgeschichte im alten Haus. Kaleidoskopartig zusammengefügt sind einzelne Erlebnissplitter des Kindes, der Blickwinkel ist derjenige eines sechsjährigen Mädchens, voller Staunen für die es umgebende Welt. Die Bedeutung von Büchern, Lesen und Literatur sowie ein tiefes Interesse für religiöse Fragen ziehen sich als thematisches Grundgeflecht durch den Text hindurch, begleitet von einem Gefühl des Aufgehobenseins in der Schöpfung. Das alte Rickenbacher Haus bildet das Lebenszentrum dieser Kindheitserinnerungen.

Otto F., der langjährige Betreuer und verlegerische Verwalter von Siljas Schreiben, hat das Projekt seiner Schwester immer wieder brieflich begleitet, einzelne Kapitel gelesen und kommentiert. Zum Erscheinen des Werkes schreibt er ihr voller Begeisterung: «Wieviel Freude über Deinen *Wolkenbaum*! Wort um Wort – mächtig angerührt habe ich das Buch nun zu Ende gelesen. Ich kann nur staunen, wie ganz ungemein lebendig Kapitel um Kapitel Deine Kindheitsgeschichte da entsteht und zusammenwächst, mit allen diesen farbigen Personen um Dich her.»[5]

Corinna Jäger-Trees

Anmerkungen

1 Brief Silja Walter an Corinna Jäger-Trees, 11.7.2008.

2 Archiv Silja Walter, Schweizerisches Literaturarchiv, Bern.

3 Otto F. Walter: Typoskript. Unbetitelt, undatiert. Archiv Otto F Walter, Schweizerisches Literaturarchiv, Bern.

4 Brief Otto F. Walter an Silja, 26.3.1987. Archiv Silja Walter, Schweizerisches Literaturarchiv, Bern.

5 Brief Otto F. Walter an Silja, 8.8.1991. Archiv Silja Walter, Schweizerisches Literaturarchiv, Bern.

Die Insel

Ich habe die Insel gefunden,
den Ort,
wo das Wort,
das Erde und Himmel
am Leben erhält,
aus der Tiefe steigt,
aus der Höhe fällt.
Himmel und Welt
sind in mir jetzt verbunden.
Ich hab meine Insel gefunden.

(Gesamtausgabe VIII, S. 261)

Die Insel gefunden

Novalis, ein bedeutender Dichter des 19. Jahrhunderts, der manche Berührungspunkte mit dem Lebenswerk von Silja Walter aufweist, meinte einmal:

«Ich versuche dem Gewöhnlichen ein hohes Ansehen,
dem Bekannten die Würde des Unbekannten zu geben,
im Endlichen das Unendliche wahrzunehmen.»

In jenem Text von Schwester Hedwig, auf den ich eingehen möchte, weil er mich seit Langem auf besondere Weise berührt, und den einer meiner guten Freunde, Wolfgang Fürlinger, vertont hat (1995), öffnet die Ordensfrau aus Fahr ihr Innerstes.

Sie hat den Ort gefunden. Dies ist ihr Herz, das zum Schnittpunkt zwischen Himmel und Erde geworden ist.

In der Vermählung zwischen Himmel und Erde hat sich ihre Ordensberufung erfüllt. Sie ist im Urgeheimnis der christlichen Existenz – in Jesus Christus – angekommen.

Der Gründer des Ordens, dem sie ihr Leben geweiht hat, Benedikt von Nursia, ist ihr aufgegangen. «Habitavit secum» – schreibt der frühe Biograph Benedikts, Papst Gregor der Große († 604) über ihn.

Der geistige Gründer des Abendlandes wohnte in sich. Das will Silja Walter sagen, wenn sie bekennt: «Ich habe meine Insel gefunden!» Sie ist eingekehrt und hat heimgefunden in den innersten Ruf benediktinischer Lebensweise.

Die Dichterin Marie Luise Kaschnitz († 1974) hat in ihren späten Jahren geschrieben: «Das Alter ist für mich kein Kerker, sondern ein Balkon, von dem man zugleich weiter und genauer sieht.» Die Ordensfrau Silja Walter hat mit dem Satz von der gefundenen Insel in sich den Balkon betreten, von dem man sehr weit zu sehen vermag. Der gefundene Ort ist identisch mit dem gelobten Land. Dieses Land ist Jesus Christus selber. Ich weiß nicht, ob Silja Walter so wie ich körperlich auf hohen Bergen gestanden hat. Doch ihr Innerstes wurde zu einem Berggipfel des gelobten Landes, von dem man sehr weit zu sehen vermag. So wurde sie inmitten der Kirche, unserer gemeinsamen Kirche, die es heute nicht immer leicht hat, und es sich auch nicht immer leicht macht, zu einem Ort der Freude und der Zukunft.

So ist Dank abzustatten dem, der dieser Kirche diese Ordensfrau geschenkt hat.

Gunter Janda

Schlusshymnus – Chor

Im Anfang war Gott, und Gott ist die Liebe,
im Jetzt ist Gott, und jetzt ist die Liebe,
im Morgen ist Gott, und dann ist die Liebe.
Die Liebe kam nieder,
kommt wieder und wieder.
Holt jegliches Sein
in sich hinein,
ward Mensch, ward aus Erde,
dass Liebe sie werde.
Kommt heute wie gestern,
dass Brüder und Schwestern
wir Menschen seien
und uns verzeihen,
dass Unten und Oben,
ins Selbe erhoben,
Gott lieben und loben,
dass End und Beginnen,
in Ihm sei darinnen
und alles neu werde,
der Himmel, die Erde.
Und Gott ist weiter,
wer glaubt, den befreit Er.
Dem ist Er geblieben,
die Lieb kann ihn lieben.
Gott wird ihn umfangen,
denn die nach Ihm langen,
um Ihn zu gewinnen,
die sind in Ihm drinnen,
schon jetzt, nicht erst drüben.
So lasset uns lieben,
dann kann aus uns allen
Sein Wohlgefallen,
Sein Heil und Erbarmen,
die Schöpfung umarmen.
Dann wird sie Sein Preis und Gesang
die ganze Ewigkeit lang. Amen.

(Aus «Würenloser Chronikspiel»,
Gesamtausgabe IV, S. 121–122)

Mystik in tausend Bildern

Zur Konzilszeit (1962–1965) erwachte das Interesse an konzentrierten und knappen Darstellungen des christlichen Glaubens. Karl Rahner prägte den Begriff «Kurzformeln des Glaubens». Es sollte dadurch dem so genannten modernen Menschen in verständlicher Form Auskunft über den Glauben gegeben werden. Im Grunde genommen ging es um das alte Anliegen eines «Credo» für die heutige Zeit. Diese Initiative damals löste eine engagierte Diskussion unter Theologen aus und vor allem eine ungeahnte Fülle an konkreten Kurzformelversuchen. – Die Frage war sehr schnell, ob es um «objektive» und neutrale Texte und Formeln ging oder auch um Bekenntnisse aus einem tiefen religiösen Erleben heraus. Was war ihre doxologische Tiefe? Das war das Thema meiner Habilitationsschrift. In diesem Zusammenhang inspirierte die auf der linken Seite aufgeführte Passage aus dem «Würenloser Chronikspiel», das am 28. August 1970 in Würenlos uraufgeführt wurde. Ich nahm zum ersten Mal das literarische Wirken von Sr. Silja Walter persönlich wahr. In hymnenartiger Form werden «Basics des Glaubens», wie es inzwischen heißt, erlebnismäßig und gleichsam wie ein Gebet zu einem preisenden Bekenntnis. – Und mit einem Schlag zeigte sich, dass die Liturgie, viele Gebetstexte, die Theologie und auch Literatur und Kunst nur so schwanger sind von expressiven oder eher diskreten «Kurzformeln» des Glaubens. Lebendiger Glaube lässt sich nicht nur in einer Form(el) bändigen. Vielmehr drängt er zu Bekenntnisformeln, zum Loben, Preisen, Danken, zur Freude aber auch zum Klagen ... also zu Gebetsformen.

Gerne hätte ich mich noch mehr auf den Weg begeben, um das immense Lebenswerk von Sr. Silja Walter auszukundschaften. In vielen Bildern und Symbolen gelingt es ihr immer wieder, auf die entscheidende Mitte des Menschlichen im Horizont der christlichen Hoffnungs-Botschaft hinzuweisen. Immer wieder verdichten sich bei ihr literarisch die Mystik aus einer religiösen Erlebnistiefe mit konkreten Lebenskontexten mit ihren Symbolen und Aussagen, die ja voll sind von Gottesnot und Gottesfreude. Es sind Erfahrungen, die gleichsam fast an sich selber bersten und die weder das «Geheimnis» ihres Glaubens verstummen noch gegenüber der Welt erblinden lassen wollen. Im Fragment möchte das Ganze zur Ahnung werden.

Leo Karrer

Brautfahrten mit meinen Schwestern

Liebes Cily

Wie war das doch, an jenem wunderschönen Ostermontag vor 60 Jahren, als wir unsere Schwester May in die Solothurner Kathedrale zur Trauung fuhren? Der alte geräumige Buick des Schwiegervaters war für dieses Ereignis extra eingelöst worden, trotz immensem Öl- und Benzinverbrauch. Das Gefährt gab unter dem prächtigen Blumenschmuck eine stattliche Hochzeitskarosse her. Nur mehr selten wurde das Auto benützt, und des Chauffeurs bange Frage war, ob er wohl durchhalte?

Die ganze Familie erwartete feierlich gestimmt am Fuße der Jahrhunderttreppe in Solothurn das glückliche Paar. Dass du als Novizin das Kloster für diese Hochzeit nochmals verlassen durftest, war bereits ein Privileg. Inmitten der festlich gekleideten Hochzeitsgäste machte dein schlichtes Kandidatinnen-Kleid nochmals allen deutlich, dass du für dich einen andern Weg entschieden hattest. Die Hochzeit unserer Schwester May war ein schönes Fest. Wir vergnügten uns, genossen den Tag und freuten uns am Beisammensein. Zur späten Stunde sanken wir in Rickenbach ins Bett. Irgendwo im Hause Cecile aber brannte noch lange ein kleines Licht, und wir wussten, dass Mutti und du um den endgültigen Abschied rangen.

Am nächsten Tag musstest du zurück ins Kloster Fahr, und es stellte sich die ganz praktische Frage, wie du dorthin gelangen würdest. Die Lösung war schnell gefunden, stand doch der geschmückte Brautwagen in voller Pracht noch vor der Tür. Vor der Abfahrt machtest du einen letzten Gang um das Haus herum, du standest etwas verloren am kleinen Gartenweiher, nahmst Abschied von den alten Bäumen und von Hermines Gemüsebeeten und ließest dich schließlich in die weichen Polster der Hochzeitskarosse fallen. Die Braut trug an diesem Tag kein langes, weiß besticktes Kleid. Dein Kleid war das schlichte Kleid des Klosters.

Wortlos fuhren wir Richtung Olten, nach Oftringen und Richtung Bremgarten. Wieso wir diesen Umweg machten, weiß ich nicht mehr. Mag sein, dass wir den endgültigen Abschied auch einfach noch etwas hinauszögern wollten. Wie ein Geschenk des Himmels kam uns da in Bremgarten die große ‹Chilbi› entgegen. Bevor du viele Fragen stellen oder dich wehren konntest, hatten wir dich mitten in der fröhlichen Menschenschar. Ich weiß noch, dass ich dir erklärte, dass dies für dich nun die letzte, allerletzte ‹Chilbi› sei, und dass ich dich in ein Putschi-Auto zog. Es war eine verrückte, vergnügliche Fahrt, und jeden Zusammenstoß hast du mit: «Ah!, Oh!, Au!» und «Um Himmelswillen!» quittiert. Durchgeschüttelt machten wir uns schließlich erneut auf den Weg, und schnell holte uns auch die Realität wieder ein. In be-

May, Silja und Ruth

Korallenlied

abends lös ich beide Spangen
meiner Kette an
   Korallen;
was vom Tage ich empfangen,
   muß blühend
   niederfallen.

Dass nicht Hände Herz und Sinnen
mitternachts nach Blüten
   und bangen
weil in meinen tiefsten Sinnen
   schimmernde
   Gesichte tranzen.

Mög mich Gott im Traum behüten.
Leise lös ich die
   Korallen,
und wie muschelrote Blüten
   glühn und löschen sie
   und fallen.

   Silja Walter

drückter Stimmung fuhren wir mit unserem Hochzeitsauto Richtung Kloster Fahr. Da saßen wir nun im alten geschmückten Gefährt, wohl wissend, was dein Entschluss für jedes von uns bedeutete, und außer einem leisen: «Wie fühlst Du Dich?» verstummte das Gespräch.

Vor uns tauchte bald der Fahrer Kirchturm auf, das alte Gemäuer, der Fluss. Elegant kurvte die alte Limousine um die Kirche herum, und da waren wir denn auch schon. Cily – du und ich –, durch einen Tränenflor nahmen wir uns beide kurz in die Arme. Ich zupfte noch eine etwas verwelkte Rose aus dem Blumenschmuck des Autos und legte sie dir in die Hand – und schon warst du verschwunden.

Die Türe einfach zu – für eine lange, unendlich lange Zeit.

Deine Schwester Elisabeth – dein Peterchen.

Elisabeth Ledergerber

Aber dort stehst immer du

Herr,
mein Gotteshaus ist die Welt.
Mein Dienst ist der Kampf,
meine Armut der Misserfolg.
Mein Chordienst der Journalismus,
meine Askese die Rechtsberatung,
die Arbeit im Studio von Funk und Television.

Herr,
ich schlage mich für dich
mit den Regierungen und Parteien ,
mit den Behörden und Beamten,
mit Gesetzen und sozialen Programmen herum.
Mit Entwicklungshilfe und Weltfriedensproblemen
und – verzeih, Herr – auch mit der Hierarchie.

Herr,
es geht um deinen Weinberg.
Du wirst kommen und ihn in Besitz nehmen.
Zum Menschen.
In deine Schöpfung.
Darum.
Darum mein Bekenntnis, mein Zeugnis für dich.

Herr,
ich weiß, mein Auftrag ist zu kämpfen
auf verlorenem Posten.
Aber dort stehst immer du.

(Gesamtausgabe X, S. 181)

Die neue Schöpfung

«Angesichts des Erbarmens Gottes ermahne ich euch, meine Brüder, euch selbst als lebendiges und heiliges Opfer darzubringen, das Gott gefällt; das ist für euch der wahre und angemessene Gottesdienst» (Röm 12,1).

Das ist die neue Schöpfung: Der Unterschied zwischen heilig und profan ist aufgehoben. Wir werden, was wir in der Feier des Opfers empfangen. Die ganze Welt ist Ort und Zeit für den all-täglichen Gottesdienst. Sie ist ja dein Weinberg, Herr.

Sr. Hedwig beschreibt es drastisch. Kampf und Armut und Misserfolg; sich herumschlagen mit allem – und wenn es sein muss, auch mit jedem. Es geht ja um dich, Herr, nicht um mich. Dazu braucht es die Unterscheidung der Geister. Das Stehen in deiner Herrlichkeit. Prüfe alles. Was hilft dir kommen, und was hindert dich? Nicht alles, was wir wünschen, und nicht alles, was wir können.

In allem dich suchen, dein Kommen vorbereiten; das ist mein Auftrag. Ich nehme ihn an, weil ich dir glaube, Herr. Dass du auf meinem Posten stehst und ich in deinem Schatten wohl geborgen bin. Einzig weil ich dir glaube, kann ich dienen und scheitern und singen und verzichten und in all dem wiederum dich finden. So bin ich reich genug und suche weiter nichts.

Dann wirst du kommen. Und bist schon gekommen. Und kommst – jeden Tag ein kleines Stück mehr.

Christian Kelter

Die Nacht ist vergangen

Die Nacht ist vergangen,
wir schauen erwartend den steigenden Tag
und grüßen dich, Christus.

Schon lockt uns die Taube,
wir horchen, verlangend zu folgen dem Ruf
unseres Herrn und Christus.

Die Nebel entweichen
im Glanze der strahlenden Klarheit und Kraft
des kommenden Christus.

Wir loben den Vater
und preisen im Geiste die Sonne des Heils:
den herrlichen Christus.

(Gesamtausgabe X, S. 523)

Lob sei dir, Christus

Die Nacht ist vergangen
ich schaue erwartend den steigenden Tag
und grüße Dich,
Christus,
in Geist und Wahrheit.

Schon lockt mich die Taube.
Ich horche verlangend zu folgen dem Ruf
des Kyrios
Christus,
in Geist und Wahrheit.

Die Nebel entweichen
im Glanze der strahlenden Klarheit und Kraft
des kommenden
Christus,
in Geist und Wahrheit.

Ich lobe den Vater
und preise den Aufgang der Sonne des Heils
den herrlichen
Christus,
in Geist und Wahrheit.

Amen.

Von der Nacht zum Tag

Im Morgenhymnus «Die Nacht ist vergangen» verbindet die Dichterin unterschiedliche Erfahrungsbereiche, die auf den glaubenden Menschen am Morgen zukommen und die dieser zum Gebet werden lässt. Die Fassung des Hymnus im *Stundenbuch* ist seit dessen Veröffentlichung vor mehr als drei Jahrzehnten Gemeingut der betenden Kirche im deutschen Sprachgebiet geworden;[1] wer regelmäßig die Tagzeitenliturgie vollzieht, hat diese Verse fest in sein Gedächtnis eingeprägt. Daneben hat Silja Walter für einen anderen Zusammenhang eine bearbeitete Fassung des Hymnus vorgelegt, die bemerkenswerte Varianten bietet.[2] Beide Fassungen werden hier berücksichtigt.

Die Ambivalenz der Nacht wird zwischen den ersten Zeilen spürbar. Sie ist Zeit der Ruhe und der Erholung, die nun zu Ende geht. Sie ist aber auch Zeit der Untätigkeit, die das Dunkel und die Unsicherheit dem Menschen – sogar in einer technisierten und Licht überfluteten Gesellschaft – auferlegen. Mit dem neuen Licht am Morgen kommt neue Erwartung und streckt sich der Betende wieder der Zukunft entgegen. Der Tag steigt, geführt von der Sonne, die sich im Laufe der nächsten Stunden erheben und dem Zenit am Mittag entgegeneilen wird. So erfährt sich der Mensch am Übergang von der Nacht zum Tag, vom Dunkel zum Licht, von der Untätigkeit zur neuen Erwartung an jedem Morgen als in das kosmische Geschehen eingebunden, tief in seinem Leben bestimmt von diesen Zeitläufen.

Doch noch eine andere Ebene wird thematisiert: Christus wird gegrüßt. Der so prägnante Moment des Tages wird für den Glaubenden und Betenden Anlass, kosmisches Geschehen und menschliche Erfahrung mit Christus zu verbinden. So schlicht der Gruß auch scheinen mag: Er ist der Zielpunkt der Strophe. Ist das, was über die Erwartung des steigenden Tages gesagt wird, vielleicht nicht nur auf Mensch und Welt bezogen, sondern auch und vor allem auf Christus? Ist er möglicherweise der «steigende Tag», den wir am neuen Morgen erwartend schauen? Wird vielleicht sogar in eschatologischem Vorausblick der «letzte Tag» angesprochen, an dem Christus als Sieger über den Tod, als König, Herr und Weltenrichter die Menschen – wie wir hoffen – ganz an sich ziehen wird?

Die bearbeitete Fassung des Hymnus macht, hier wie in den Folgestrophen, aus dem betenden «Wir» ein betendes «Ich». Das «Wir» setzt das Gebet in Gemeinschaft voraus; der Beter des Hymnus sieht sich in das Wir der Kirche eingebunden. Wenn es in der revidierten Fassung nun heißt, dass «ich» erwartend den steigenden Tag schaue, so wird die Einbindung in das Wir der Kirche nicht geleugnet, aber ungleich stärker kommt die Erfahrung des Einzelnen zum Ausdruck. Was die Gemeinschaft der Kirche betend vor Gott trägt, entspricht auch dem Empfinden und Mitvollziehen des Einzelnen.

«In Geist und Wahrheit» hat die dichtende Beterin und betende Dichterin in der Neufassung des Hymnus hinzugefügt und dazu selbst eine knappe Begründung geliefert: «Ich habe die Strophen erweitert durch ‹in Geist und Wahrheit›; für mich ist das das Wesen der Liturgie.»[3] Die liturgische Situation ist also beim Beten dieses Hymnus vorausgesetzt. Liturgie – so die Dichterin, sich auf das Zeugnis in Joh 4,23 stützend, wenn Jesus der Samariterin am Jakobsbrunnen verheißt: «Aber die Stunde kommt, und sie ist schon da, zu der die wahren Beter den Vater anbeten werden im Geist und in der Wahrheit; denn so will der Vater angebetet werden» – Liturgie also ist Handeln der Kirche im Geist Gottes, in der Wahrheit, die in Fülle nur Christus geben kann, ist er selbst doch die Wahrheit und das Leben (vgl. Joh 14,6); nur durch ihn, den Mittler, kommt man zum Vater. Wir leben in der Endzeit, in der wir aufgerufen sind, den Vater anzubeten, wenn wir den wahren Betern zugerechnet werden wollen. So die Botschaft, die die kleine Ergänzung «in Geist und Wahrheit» bewusst macht.

Der Hahn ist in vielen altkirchlichen Hymnen das Tier, das als Herold den anbrechenden Tag ankündigt. Hier wird in der zweiten Strophe die Taube betrachtet, die in der biblisch-christlichen Symbolik breite Assoziationen erweckt: als Symbol von Frieden und Erlösung (z.B. Gen 8,8–11), Opfertier (Lev 5,7.11; Lk 2,24), in der Mahnung Jesu an seine Jünger als Symbol der Arglosigkeit (Mt 10,6), dazu in vielfältigen Variationen als Geistsymbol, auch für die göttliche Inspiration. Eine klare Zuordnung des Verses zu dieser breiten Symbolik ist kaum möglich. Im Wort der Dichterin gurrt die Taube; sie lockt, sie weckt auf – und wird damit zum Sinnbild Christi, dessen Ruf je neu an die Menschen ergeht. Der Ruf in die Nachfolge Christi ist eine Lebensentscheidung; aber sie muss jeden Morgen, wenn der Tag sich erhebt, von neuem nachvollzogen werden. Horchen auf Christi Wort im Gewirr der vielen Worte, horchen auf das, was er von den Nachfolgenden an diesem Tag je neu erwartet: das ist die Aufgabe für das Leben, jeden Morgen neu erschlossen.

Die Christustitel variieren: «unser Herr und Christus», beides nachösterliche Titel, die voraussetzen, dass Christus sich den hoffnungslosen Jüngern als der Auferstandene geoffenbart hat, so dass der Jünger, den Jesus liebte, vor Petrus bekennen konnte: «Es ist der Herr!» (Joh 21,7). Diese Erkenntnis Christi, dieses Bekenntnis zu Christus hat das Leben gewandelt. Wenn wir im Hymnus «unseren Herrn und Christus» bekennen, identifizieren wir uns mit den Jüngern, die am See von Tiberias als erste diese Erfahrung gemacht haben.

In der Neufassung des Hymnus setzt die Dichterin statt «Herr» den neutestamentlichen griechischen Titel «Kyrios»; er rückt uns noch näher an die Ursprungssituation heran, die in der Zeit der Kirche auch unser bleibender

Maßstab ist, wie es in der Liturgie, auch der Tagzeitenliturgie, «in Geist und Wahrheit» geschieht.

Die Natur am Morgen kommt in der dritten Strophe ein weiteres Mal ins Spiel, wenn «die Nebel entweichen» mit der steigenden Kraft der Sonne, die die Feuchtigkeit im Tal auflöst. Fast sieht man den grün leuchtenden Fluss träge am Kloster der Dichterin vorbeiziehen und den Dunst des Morgens unter der zunehmenden Wärme der Sonne entschwinden. Aber auch hier wird die naturgebundene menschliche Erfahrung in einem kühnen Überschritt zu einer christologischen Aussage: «Die strahlende Klarheit und Kraft» vernichten nicht nur die Nebel der feuchten Talsenke, sondern sie lassen auch die Nebel des Lebens, der individuellen Existenz schwinden, wenn Christus das Leben erleuchtet. Christus ist der Kommende; und zugleich hat sein Kommen seit seiner ersten Ankunft unter den Menschen schon begonnen. Seine Ankunft ist nicht nur Wiederkunft am Ende der Zeit, nein, sie trifft die Betenden, die sich in Geist und Wahrheit auf Gott zu bewegen, hier und jetzt.

Die doxologische Strophe verdeutlicht, dass aus der Erwartung und Hoffnung beim Verklingen der Nacht und dem Anbruch des neuen Tages feste Gewissheit geworden ist. Dem dreifaltigen Gott gilt der Lobpreis dieses Hymnus wie des Lebens insgesamt, dem Vater und Christus, dem Sohn, der die Sonne des Heils ist, wie es auch ein an Christus gerichteter altkirchlicher Hymnus sagt: «Christus, du Sonne unseres Heils, vertreib in uns die dunkle Nacht ...» (Kath. Gesangbuch [Schweiz] 262; Gotteslob 675). Die Herrlichkeit Christi strahlt mit aller Kraft auf, das Dunkel ist überwunden, die Nebel sind gewichen; nichts hindert mehr, dass wir als betende Kirche, dass ich als einzelner Beter und Beterin – im Geist und in der Wahrheit – Christus in vollem Glanz erkenne. Die ewige Zukunft ragt in die Gegenwart hinein und zeigt uns – noch unter den Zeichen der Natur –, was uns in der Herrlichkeit, wie wir hoffen, endgültig erwartet. Deshalb ist Lobpreis die angemessenste Weise, von Gott, zu Gott zu sprechen; deshalb zielt der Morgenhymnus in der Spannung von kosmischen Abläufen, natürlichen Begebenheiten im Wechsel von Tag und Nacht, menschlicher Erfahrung und Christusbekenntnis auf den Lobpreis des dreifaltigen Gottes hin.

Martin Klöckener

Anmerkung:

[1] Abgedruckt in allen drei Bänden des Stundenbuchs als Morgenhymnus. Im Band «Im Jahreskreis». Freiburg/Br. u. a. 1978, zum Beispiel auf S. 307. Vgl. die vollständigen Nachweise in: Registerband zum Stundenbuch. Hg. von Johannes Wagner – Siegfried Schmitt. Freiburg/Br. 1990 (Die Feier des Stundengebetes) 673, dort auch mit dem

Hinweis, dass die im Stundenbuch publizierte Fassung von der Hymnen-Kommission für die Erarbeitung des Stundenbuchs überarbeitet wurde. – Eine leicht abweichende Fassung wurde in der vorläufigen Ausgabe Neues Stundenbuch. Ausgewählte Studientexte für ein künftiges Brevier. 1: Tagzeiten. Hg. von den Liturgischen Instituten Salzburg – Trier – Zürich. Einsiedeln [u.a.] 1970, 18*, veröffentlicht. In der dritten Strophe steht dort an Stelle von «strahlenden» das Adjektiv «durchdringenden». Die vierte, doxologische Strophe weicht stark ab: «Aufstrahlet uns Heil / als Erfahrung / im Lob an den Vater im Geist / und in Wahrheit: / Christus.»

[2] Der Text ist veröffentlicht in: Liturgia et Unitas. Liturgiewissenschaftliche und ökumenische Studien zur Eucharistie und zum gottesdienstlichen Leben in der Schweiz. Etudes liturgiques et œcuméniques sur l'eucharistie et la vie liturgique en Suisse. In honorem Bruno Bürki. Hg. von Martin Klöckener – Arnaud Join-Lambert. Freiburg Schweiz – Genève 2001, 19.

[3] Vgl. ebd. – Die vorläufige Fassung in Neues Stundenbuch hat bereits in der 4. Strophe das Johannes-Zitat «im Geist und in Wahrheit» (vgl. oben Anm. 1).

Dein Leib

Dein Leib treibt
in der Erdenmuld aus deinem
Tod
den Ähren und den Reben
gleich
das Himmelreich,
das Leben.

Fließen
will es und entsprießen
deinen Händen, deinen Füßen,
neuer Garten, Ostermorgen,
Paradies.

Christus,
lass uns essen, trinken,
deinen Leib, dein Blut,
deine Auferstehung,
Geist und Glut.
Blüht und glüht der Himmel
doch aus deinen Wunden.
Amen.

(Bischof Kurt Koch gewidmet)

Selbst Eucharistie werden

Im heutigen Gespräch über das Sakrament der Eucharistie kommt das von der Tradition her reich befrachtete Wort «Opfer» kaum oder höchstens am Rande vor. Man muss vielmehr eine eigentliche Aversion gegenüber dem Opfergedanken feststellen. Denn es will scheinen, dass dieses Wort eine derart ferne Distanz impliziert, dass der Lebensbezug der Eucharistie verlorengehe. Statt von «Opfer» ist deshalb heute im Blick auf die Eucharistie zumeist von einem Mahl die Rede. Zu diesem Geschehen scheint der Mensch heute eher einen existenziellen Bezug aufbauen zu können.

Betrachtet man aber das Letzte Abendmahl Jesu im Licht des Alten Testamentes, kann es mit dem Wort «Mahl» keineswegs adäquat umschrieben werden. Denn das Letzte Abendmahl war als Paschamahl gerade kein gewöhnliches Mahl, sondern ein liturgisches, genauerhin sakrifizielles Mahl, in dem zugleich das Gründungsgeschehen des Volkes Israel gegenwärtig wurde. Im Rahmen dieses Mahles hat Jesus zudem das Neue der Eucharistie geschenkt, weshalb er nicht dieses Mahl, sondern das von ihm gestiftete Neue zur Wiederholung aufgetragen hat. Worin aber besteht dieses Neue der Eucharistie?

Zur Zeit Jesu war es Brauch, dass zwar das Paschamahl in den Häusern gefeiert wurde, dass aber am Vorabend im Tempel die Opferung der Lämmer stattfand, die bei den Paschamählern auf den Tisch kamen. Jesus aber hat sein Letztes Abendmahl ohne Tempel und Lamm vollzogen. Und doch, freilich in einem anderen Sinn, hat er es mit Tempel und Lamm gefeiert, worauf vor allem Johannes hinweist. Denn er hebt hervor, dass Jesus präzis zu dem Zeitpunkt am Kreuz gestorben ist, in dem im Jerusalemer Tempel die Paschalämmer geschlachtet worden sind. Johannes macht damit unmissverständlich darauf aufmerksam, dass Jesus selbst das neue und wahre Lamm ist, das für uns Menschen das Blut vergossen hat: Jesus selbst ist das wirkliche Lamm, das Johannes der Täufer angekündigt hatte: «Seht, das Lamm Gottes, das die Sünde der Welt hinwegnimmt» (Joh 1, 29). Und Jesus selbst ist der wahre und lebendige Tempel, in dem Gott wohnt und uns seine Gegenwart schenkt.

Mit dem Tod Jesu am Kreuz ist das endgültige Ende des Tempeldienstes und der Tieropfer gekommen. An deren Stelle ist aber keineswegs ein gewöhnliches Mahl getreten, sondern der neue christliche Kult. Denn der Kult, den Christus am Kreuz seinem Vater dargebracht hat, besteht im Sich-Selbst-Geben für die Menschen. Hier gibt es keinen Ersatz durch Tieropfer mehr, sondern nur Einsatz des eigenen Lebens. Diese Selbstgabe Jesu wird in der Eucharistie gegenwärtig – wie Jesus selbst seinen Tod am Kreuz, dessen Grausamkeit er in einen Akt der Liebe umgewandelt hat, beim Letzten Abendmahl bereits vorweggenommen hat.

Dein Leib treibt
in der Erdenmuld
aus deinem
Tod
den Ähren und den
Reben gleich,
das Himmelreich,
das Leben.

Fließen
will es und entsprießen,
deinen Händen, deinen Füßen,
neuer Garten, Ostermorgen,
Paradies.

Christus,
lass uns essen,
Trinken,
deinen Leib, dein Blut,
deine Auferstehung,
Geist und Glut!
Beult und glüht
der Himmel
doch aus deinen Wunden

Amen

Wenn der neue Kult Christi im Opfer seiner Selbstgabe besteht, dann können wir nur würdig Eucharistie feiern, wenn wir mit unserer eigenen Person in diesen Kult eintreten, uns in die Selbsthingabe Jesu hineinnehmen lassen und dabei selbst eine «lebendige Opfergabe» werden: «Zum Lob Deiner Herrlichkeit». Wir können bei der sakramentalen Vergegenwärtigung der Selbsthingabe Jesu in der Eucharistie unmöglich außen vor bleiben und das Opfer Christi aus einer neutralen Optik betrachten. Dann hätten wir den Überstieg ins Christliche noch nicht gewagt. Im eucharistischen Hochgebet bitten wir Gott aber, dass wir selbst hineingenommen werden in die Bewegung der Selbsthingabe Jesu. Oder mit anderen Worten: Wir bitten Gott, dass wir wie und mit Christus selbst Eucharistie werden.

Die Feier der Eucharistie zielt so auf unsere eigene Verwandlung und intime Vereinigung mit Christus, aus der die Vereinigung mit unseren Mitmenschen folgt. Das Opfer der Eucharistie besteht somit darin, dass wir durch die Eucharistie selbst Liebe werden. Diese ganze existenzielle Dichte, die uns bis ins Herz berühren muss, ist gemeint, wenn von der Eucharistie als Opfer gesprochen wird. Davon legt das Gedicht von Silja Walter ein schönes Zeugnis ab, das sie zu einer mittelalterlichen Darstellung Christi als Schmerzensmann mit eucharistischen Symbolen gedichtet hat, um uns in das tiefste Geheimnis der Eucharistie hineinzuführen: Das Brot des Lebens kommt nur vom gestorbenen Weizenkorn her; und der Wein der Freude setzt den Passionsvorgang der Kelterung voraus. Das Geheimnis der Eucharistie leuchtet nur über dem Kreuz Jesu auf, weil sein Lebensopfer am Kreuz und seine Selbstgabe in der Eucharistie und unser intimes Eintreten in diese Liebesbewegung jenes einzige Opfer sind, mit dem der christliche Glaube steht oder fällt.

Bischof Kurt Koch

Eine Nonne, die schreibt

Eine Nonne, die schreibt, weiß sich mit der Gesellschaft eingesperrt in einem Flugzeug, das garantiert abstürzen wird. Über dessen Beschaffenheit, Einrichtung und Besatzung, Plätze, Flugpreise und Menüs noch lange zu diskutieren, hält sie für Zeitverlust. Sie steht in innerlich erfahrenem Auftrag, ihren Mitinsassen den Augenblick des Absturzes durch eine Art von Bewusstseinserweiterung vor Augen zu führen, indem sie ihnen dessen Tragweite und Folgen sozusagen grafisch aufzeichnet. Anders lässt es sich kaum machen, denn es handelt sich dabei nicht um Logik allein, sondern um ein gewisses Licht, das man Glaube nennt. Was darin aufscheint, ist weniger Begriff als Landschaft. Man muss sie rasch in Konturen und Diagrammen festzuhalten versuchen, ehe die ‹Show› wieder verlöscht. Diese Funktion, im innern Auftrag übernommen, verlangt von der Nonne, die schreibt, ihren eigenen Absturz zu überholen. Sie hat dieses Überholen lebenslänglich zu üben. Diese Übung einer Nonne nennt man das monastische Leben. (...)

Die Form ihrer Meldung, ob Lyrik, ob Roman, beschäftigt sie nicht sehr. In der totalen Unsicherheit solidarisch mit jedem Andern und allen Andern gibt die Nonne unbekümmert die Sicherheit ihrer LEBENS-Erfahrung aus ihrem Alltagstod durch, in der Kraft und in der Sprache ihrer Hoffnung, und signiert, was sie schreibt, mit ihrem monastischen Sterbens- und LEBENS-Motto UIOGD: Ut in omnibus glorificetur Deus.

(Gesamtausgabe II, S. 477–479)

Ein neuer Standort

Silja Walter verfasste diesen Text 1971 als Antwort auf eine Umfrage über das Engagement des Schriftstellers und seine Stellung zur und in der modernen Gesellschaft. Er hat nichts an Aussagekraft verloren.

In mehrfacher Beziehung ist er typisch für sie: Während die meisten Autorinnen und Autoren brav, sachlich und trocken auf die einzelnen Fragen Antwort geben, geht Silja Walter gar nicht auf diese ein (wie ist das jetzt mit dem Gehorsam?), sondern verfasst einen poetischen Text, der in seiner Intensität und Klarheit alle andern in den Schatten stellt. Er kommt spontan daher, enthält nichts Abgedroschenes, keine Floskeln. Und dennoch ist ihre Antwort präzis und fundiert. Sie stimmte nicht nur zum damaligen Zeitpunkt, sondern sie trifft für ihr ganzes Werk bis auf den heutigen Tag zu.

Vom gläubigen, christlichen Standpunkt aus ist alles in der Welt letztlich verfallen und dem Untergang geweiht. Die faktische Alltagsrealität, der jeder Sinnbezug fehlt, ist eine chaotische; es lohnt sich nicht, darüber viele Worte zu verlieren. In diesen drohenden Absturz tritt Christus und bezeichnet dem Menschen einen Standort, von dem aus er sich neu orientieren kann, den Standort des Evangeliums.

Um den Weg des Glaubens, der stets den Charakter des Wagnisses hat und vor dem Absturz auch nicht gefeit ist, ringen Silja Walters Figuren. Sie zeichnet in ihnen ein Menschenbild, das sich radikal vom Evangelium her versteht. Die vordergründige Wirklichkeit wird im Licht des Glaubens transparent auf Christus hin, der das Maß des Menschseins ist. Ort und Zeit sind in solchen Momenten als absolute Größen aufgehoben, Leben und Tod erhalten eine neue Bedeutung.

Dafür findet Silja Walter immer neue Bilder, Metaphern, «Landschaften», denn das Mysterium lässt sich nicht mit Logik fassen. Was den Menschen zum Mysterium macht, sind nicht seine Fähigkeiten und Leistungen, ist nicht sein Humanum, sondern vielmehr sein Divinum, die Tatsache, dass er nach Gottes Bild geschaffen ist. Wie diese Botschaft vermittelt wird, also die sprachliche Form, spielt für Silja Walter eine untergeordnete Rolle; sie ist nicht Schriftstellerin, sondern Nonne von Beruf und aus Berufung, aber eine, die ihr Handwerk beherrscht. Und das ist für uns Leserinnen und Leser eben doch nicht ganz unwichtig.

Toni Kramer

Abwesenheit ist dein Wesen

Abwesenheit ist
dein Wesen
darin finde ich dich
Die Nägel
meiner Sehnsucht
bluten vom Kratzen
an den Eismeeren
der Welt
Verkohlt ist die Sucht
meiner Suche
in seiner Kälte
Aber da bist du
darin
seit das Kind schrie
bei den Schafen
und brennst
lichterloh
zu mir

(Gesamtausgabe VIII, S. 91)

Sehnsucht der Gottessuche

Dieses Gebetsgedicht Silja Walters ist ein Kleinod poetischer Theologie und theologischer Poesie. Es ist ganz dem Versuch gewidmet, Gott zu beschreiben, die Beziehung der Dichterin/Beterin zu Gott. «Abwesenheit ist dein Wesen» – was für eine Aussage: Nur paradoxe Sprachbilder können Gott annäherungsweise genügen. Nur in der Abwesenheit lässt sich Gott finden! Das ist der Versuch mystischer Erfahrung Sprache zu geben, einer Erfahrung, die buddhistischen Vorstellungen nahekommt. «Sehnsucht» wird beschrieben, «Suche» wird genannt im Versuch, diese Abwesenheit zu überwinden, sie als Nähe zu erfahren. Umsonst: Das «Kratzen an den Eismeeren der Welt» führt nur zu «blutigen Nägeln», die Sehnsucht der Suche ist an der «Kälte verkohlt». Erneut paradox formuliert: «Verkohlen» deutet eigentlich auf Feuer hin, wird hier aber durch Kälte hervorgerufen. Doch dann die fast verzweifelt formulierte Aussage: In dieser «Kälte» der weltlichen Eismeere – Bild für die Beziehungskälte der Menschen und die Gleichgültigkeit des Kosmos? – «da bist du».

Seit wann ist Gott das im Gebetsgedicht angerufene «du» «in der Welt»? Assoziativ wird das Bild der lukanischen Weihnachtserzählung aufgerufen: «Seit das Kind schrie bei den Schafen». Inkarnations-Christologie gibt den theologischen Hintergrund an: Gott ist in dieser Welt, «darin», seit und durch die Menschwerdung Jesu Christi. Wichtig für die Beziehung Gott – Mensch: Seitdem brennt Gott «lichterloh zu mir». Hintergrund dieses Schlussbildes ist das im Gedichtzyklus immer wieder aufgerufene Bild der «Feuertaube», des Geistes, der – laut westlichem Credo – «vom Vater und vom Sohn ausgeht». In diesem Bild mischen sich die biblischen Bilder für den Geist von Taube (etwa in Mk 1,10) und Feuerzungen (etwa Apg 2,3) zu einer eigenen dichten Metapher.

Erneut paradox formuliert: Die Sehnsucht der Gottsuche ist «verkohlt» in der Kälte der Eismeere. Gegen diese Verkohlung brennt Gott ihr selbst in seinem Geist lichterloh entgegen. Wird die eine Verkohlung die andere aufheben? Wird die verzweifelte und ergebnislose Suchbewegung der Beterin durch das Entgegenkommen der «Feuertaube» aufgefangen? Das Schicksal der in diesem Gedicht mit solchen Bildern beschworenen Gottessehnsucht bleibt offen. Doch wenn es einen Grund gibt, an den Abwesend-Wesenden zu glauben, dann aufgrund der im Weihnachtsbild aufgerufenen Inkarnation.

Georg Langenhorst

Gottesgehege Klausur

Dahinter
dahinter ist vielleicht
auch nichts.
Nur immer die süßen
singenden Segelschiffe
den Gängen entlang
und die Treppen hinauf
und hinunter
an Gomer vorbei.
Da muss Gomer sich
am Geländer festhalten.

Es ist aber bloß
noch ein schmales
dreifarbenes Band
bloß noch ein Seil
worauf Gomer geht.
Daneben ist nichts mehr als Tiefe
und Absturz zu Tode.
Eine Nonne ist eine Tänzerin
auf dem Seil
eine Seiltänzerin.
Wer ahnt je, wie bange ihr ist.

Die wilden Enten
schrein überm Fluss
mit den Morgensirenen zusammen
vom Gaswerk
nichts weiter.
Und Gomer geht summend
hinauf in die Küche
die Minze zu sieden
nichts weiter.
Doch alle Schöpfung
ihr Herz und die Küche
sind voll singenden Feuers.

(Aus «Der Tanz des Gehorsams»,
Gesamtausgabe II, S. 88, 107, 145)

Voll singenden Feuers

Im Frühsommer – oder war es noch Frühling – 1991 fand mich Silja Walter. Ich weiß nicht mehr wie. Ihr Anruf traf mich unvermittelt und elektrisierend. Sie war beauftragt worden, die VBD-Tagung in Maria Laach, die das Thema *Gelübde* beleuchten sollte, mitzugestalten. Ihr *Tanz des Gehorsams* sollte die Grundlage für ihren Beitrag sein. Der Vorsitzenden der VBD, Äbtissin Maire Hickey (Dinklage) war es wichtig, kreative Elemente gleichwertig neben Vorträge zu stellen; die Gelübde bedürfen der Einverleibung.

Ein einziges Telefonat brachte Schwester Hedwig und mich in sensible Schwingungsresonanz. Ich ging an die Arbeit und choreographierte einen Solotanz zu den acht Kapiteln des Buches.

Ein oder zwei Tage vor unserem Oktobernachmittag in Maria Laach trafen wir beide dort ein, sahen uns zum ersten Mal. Es gab keinerlei Berührungsängste, keine Fremdheit zu überwinden, wohl aber Staunen über den Reichtum der je anderen.

Nicht viele Worte waren nötig, um das Konzept: ihre Rezitation der Gedichte aus dem *Tanz des Gehorsams* mit meinem Tanz zu Musik von Modest Mussorgski, abzustimmen.

Spielerischer Sinn, ein mit Witz gepaartes Zueinander und eine neugierige, unerschrockene Offenheit dem jeweiligen Anderssein gegenüber waren unsere göttlichen Geschenke, um dem Kairos die Hand zu reichen und das Leben in Tanz zu verwandeln. Denn darum geht es ja: manchmal, wenn das Leben uns düsterfarben mitspielen will, ihm dennoch mit der Leichtigkeit des Tanzes zu begegnen.

Als später eine junge Frau ins Kloster eintrat und die blauen Streifen der Strohmatte meines Mönchstages in der Küche waren, nannte ich die Menü-Kreation für die Neuankommende *Gottesgehege Klausur voll singenden Feuers.*

Sr. Ruth Ochmann

Sonntag

Kommt und singt
zum Tag des Herrn
dem heiligen Gott
ein Lob:
    da wir aus seinen
    ewigen, reinen,
    singenden Quellen des Lebens
    geboren sind.

Kommt und singt
zum Tag des Herrn
dem heiligen Gott
ein Lob:
    dass wir zum wahren
    Schauen und Erfahren
    seiner unendlichen Schönheit
    berufen sind.

Kommt und singt
zum Tag des Herrn
dem heiligen Gott
ein Lob:
    weil wir zum frohen,
    seligen, hohen
    Festmahl der endlosen Freude
    geladen sind.

Für Silja Walter
zum 90. Geburtstag
in Verehrung und Dankbarkeit

Kommt und singt!
(aus dem Hymnenjahr vo Silja Walter)

für Sopran, Alt-Flöte, Violine + Bongos

Ernst Pfiffner (2008)

Gerne erinnere ich mich ...

Als sich in den 70-er Jahren Liturgiker und Kirchenmusiker im Bemühen um differenzierte Erneuerung und Vertiefung der Gottesdienste mehrfach zu Gesprächen trafen, stellte sich beim Thema «Osternacht» natürlich auch die Frage nach dem Exsultet. Die offizielle Fassung 1974 schien uns hinsichtlich Tonfalls, Deklamation und einer gewissen Üppigkeit etwas überholt und problematisch zu sein. Wir wünschten aus verschiedenen Gründen ein neues Zeugnis gottesdienstlicher Dicht- und Tonkunst, gerade für diese Feier. Ich wusste, dass Silja Walter schon etliche Komponisten mit hoch qualifizierten Texten beschenkt und inspiriert hatte. So wandte ich mich denn wegen eines neuen Exsultet vertrauensvoll an sie – und siehe da: schon bald hatte ich einen ersten Entwurf in den Händen und konnte ihn unter anderem den Professoren Aufdermaur und Baumgartner und kundigen Freunden unterbreiten; sie alle waren begeistert. Über Einzelheiten (zum Beispiel über das Gideon-Motiv) wurde nochmals beraten. Die Endfassung mit dem Titel «Lob der herrlichen Flamme» komponierte ich für Kantor und Trompete (ich erinnerte mich an die vielfach überforderten Diakone und Priester angesichts der Ansprüche und der Missale-Vorlage!); für die Gemeinde sah ich nicht den kurzen Dialog vor, sondern ein Alleluja (als Refrain) und die 5. Strophe des Liedes «Lobe den Herren». Die Komposition wurde 1976 von der damaligen Akademie für Schul- und Kirchenmusik publiziert und in der Pfarrei St. Michael in Basel zum ersten Mal realisiert.

In den oben genannten Gesprächen kam die Rede auch auf die Passionslesungen und entsprechende Betrachtungsgesänge. Auch hier eröffnen sich für eine entschieden dem Sinn aller liturgischen Elemente folgenden Praxis neue Perspektiven. Ich schrieb zuversichtlich wieder nach Fahr. Silja Walter hatte kurz vorher ihren Kreuzweg «Ich gehe mit dir» (Paulusverlag Freiburg und Reinhardt-Verlag Basel) geschaffen; sie war ohne weiteres bereit, meiner Bitte zu entsprechen; sie sandte mir vier Passions-Gedichte. Deren Anfänge lauten: Die Nacht überfällt dich – Wer bist du denn? – Sein Kreuz soll er tragen – Drei brennende Stunden. Schon diese paar Zeilen geben eine klare Vorstellung von der packenden Ausdruckskraft der «Passion», Konzentration und Stimmung der Verse. Ich vertonte sie für zwei gleiche Stimmen, zwei Blockflöten und ein kleines Schlagzeug. Schwester Mirjam Föllmi brachte sie am Karfreitag 1993 im Kloster Fahr zum ersten Mal zum Klingen.

Als ich im Jahre 1976 angefragt wurde, wie das Fastenopfer wohl zu einem programmatischen Lied kommen könnte, gelangte ich einmal mehr an Silja Walter. Und tatsächlich erreichte mich wieder ein dichterisches Geschenk: Sechs Strophen voll Vitalität und Jubel über Entfaltung und Gestaltung der

Schöpfung. Druck und Publikation der verschiedenen Fassungen besorgte ein Team des Fastenopfers.

Immer erinnere ich mich wieder gerne daran, mit welcher Selbstverständlichkeit Silja Walter unsere Wünsche mit ihren eigenen überzeugenden Aussagen zu verbinden vermochte – eben nicht nur mit «gutem Willen», sondern mit ihrem ganzen schöpferischen Wesen, Gespür und Können.

Ernst Pfiffner

Und Himmel
und Welt
sind als Ganzes
gedacht

(Gesamtausgabe VIII, S. 78)

Das Kloster

Bevor ich Silja Walter – sie ist für mich noch immer Sr. Hedwig – kannte, war mein Bild eines Klosters eher negativ. Weltflucht, Abgeschiedenheit, kein Kontakt zur Außenwelt. Als ich das erste Mal im Besuchszimmer des Klosters Fahr mit Silja Walter zusammentraf, hat sich dieses Bild diametral verändert. Mit gegenüber saß eine fröhliche, ungemein agile und alterslose Nonne, die mich auf Anhieb mit ihrer Natürlichkeit und Spontaneität begeisterte. Ich erlebte in den dicken Klostermauern eine Freiheit, Geborgenheit und menschliche Wärme, wie ich sie mir in dieser Kraft und Ausstrahlung nie hätte vorstellen können. Seither freue ich mich auf jeden Besuch, und das Kloster Fahr ist mir zu einem lieben Ort der Begegnung geworden.

Der Anfang

Ich kannte die Hörspiele von Silja Walter und auch einige Gedichte und war von diesen Texten sehr berührt. Also fasste ich den Entschluss, Silja Walter anzufragen, ob sie nicht ein Schauspiel hätte, das sich für unser Theater eignete. «Nein», meinte Silja Walter. «Aber ich schreibe für dein Theater ein Stück, wenn du mir den Auftrag gibst.» Auftrag? Das war neu für mich, dass ein Autor um einen Auftrag bittet und sich in den Dienst einer höheren Instanz stellt. Und vielleicht ist diese höhere Instanz dafür verantwortlich, dass unsere nun schon über 30-jährige Zusammenarbeit derart fruchtbar, freundschaftlich und harmonisch verlief.

Silja Walter ist eine Ausnahmeerscheinung unter den Autorinnen und Autoren unserer Zeit. Sie versteht es, Himmel und Erde miteinander zu verbinden. Ihre Werke berühren immer brennende Themen unserer Zeit. Sie gibt sich mit Halbheiten nicht zufrieden, sondern sucht in allen ihren Werken immer aufs Neue die Einheit, das Ganze.

Glauben – schreiben – spielen

Silja Walter: «Ich glaube, also schreibe ich».

Aus «Jan der Idiot»:

> *Jan:* Wie am ersten Morgen – schön –
> *Hadriana* Da begann das Spiel,
>   das ganze –
>   im Ganzen.
>   Alles war gut. Ein gelungenes Spiel.
>   Hervorgehen und werden, Fluss und Flut –
>   Alles lebendig, kreisend im Licht um die Mitte.
>   Man muss sich zurückholen lassen in das,
>   was gut ist und wahr,
>   aus sich heraus, ins Spiel.

Aus «Jan der Idiot»

«Wenn einer leidet, ist es Zeit, dass man ihn liebt.»

Die Bilder

Aus «Ich bin nicht mehr tot»:

> *Tobit* Es singt da unten
> *Jaira* Schön
> *Tobit* Nein, es singt nicht da unten.
> *Jaira* Nein, nicht im Brunnen
>   Was machst du? Warum legst du deinen Kopf auf mich?
> *Tobit* Still, sei ganz still
>   Es singt, da drinnen.
> *Jaira* In mir?
> *Tobit* Drinnen, in dir.
> *Jaira* Warum singt es in uns?

«Ich glaube, also spiele ich.» Ist das nicht vermessen? Und was bedeutet Spiel für Silja Walter, was bedeutet Spiel für mich?

Das ist es: Dieses Spiel meine ich. Und da trifft sich das Spiel der Klosterfrau mit dem Spiel des Theatermannes. «Aus sich heraus». Nicht ich bin es, der spielt, es ist ein Anderer, der spielt, und ich spiele mich in dieses Zentrum, in dieses Licht, in diese Sonne hinein.

Diesen Satz werde ich nicht los. Er gilt für mich, für alle.
    Wenn wir diese Erkenntnis in die Tat umsetzen würden, wäre es in der Welt draußen weniger kalt, und die Welt würde anders aussehen.

Dieses Bild berührt eine Dimension, die mit dem Verstand nicht zugänglich ist, ein «Dahinter», wie Silja Walter es nennt, eine Wirklichkeit hinter der Wirklichkeit.

Aus «Sie kamen in die Stadt»:

Susej Aleph, ist das – ist das da die Stadt?
Aleph Trümmer, Zerfall, die Wahrheit hinter den Fassaden.
  Kein Mensch ist da heil.
Susej Die Wahrheit über die Stadt
Aleph Und die Menschen
  Alles verseucht –
  Krüppel
Susej Mein Gott, Aleph,
  und da sollen wir hinein?
Mann Was man innen hat,
  das sieht man außen –
Gitta Nachtstadt in mir
Mann Wenn man in sich geht,
  dann sieht man die Trümmer
  Trümmer innen – und rundum.
Aleph Aber das Fest hat begonnen.
Mann Welches Fest?
Aleph Das Fest des Menschen.
  Ein unsägliches Fest.

Silja Walter scheut sich nicht, sich mit der Dunkelheit auseinanderzusetzen. Sie macht auch vor den Abgründen in uns und um uns nicht Halt.

Das macht ihre Schauspiele für viele Zuschauer so unerträglich, für den Schauspieler so schwer darstellbar. Denn beide müssen zulassen, dem eigenen Schatten zu begegnen. Und das ist nicht angenehm. Nur hat bei Silja Walter – anders als bei den meisten heutigen Autoren dramatischer Werke – der Schatten nicht das letzte Wort. Silja Walter öffnet sich immer dem Licht und erfindet Bilder der Hoffnung. Und in diesen Bildern erreicht sie eine Dimension, die vielen verborgen bleibt, weil sie nicht willens sind, in sich hineinzuhorchen. Wer dieses Wagnis auf sich nimmt, vernimmt die Stimme der Sehnsucht, die jeder Mensch kennt: Es ist die Erfahrung, eine Quelle zu entdecken, die nie versiegt, die immer fließt, aus der man immer schöpfen kann. Auch in den Zeiten der Dunkelheit und tiefsten Verzweiflung.

Die Kraft und die Tiefe dieser Bilder sind es, die Silja Walters Werk einzigartig machen. Da bleiben nur Staunen, Dankbarkeit und der Wunsch, in diese Bilder einzutauchen, sie zu erleben und zu erfahren.

Ich glaube, dass das Theater ein ideales Forum für die Besinnung des Menschen auf seine historische und existentielle Lage ist. Unser Los ist die Hoffnung.

Und da findet Silja Walters Werk eine Antwort, die in die Zukunft weist.

André Revelly

Voll singenden Feuers

Die wilden Enten
schrein überm Fluss
mit den Morgensirenen
zusammen
vom Gaswerk
nichts weiter.
Und Gomer geht summend
hinauf in die Küche
die Minze zu sieden
nichts weiter.
Doch alle Schöpfung
ihr Herz und die Küche
sind voll singenden
Feuers.

UIOGD

*(Aus «Der Tanz des Gehorsams»,
Gesamtausgabe II, S. 145)*

Die Welt singt

«Voll singenden Feuers» lautet die Überschrift zum letzten Text in Silja Walters Meditationen über Schriftworte aus dem Buch des Propheten Hosea. «Die Berufung» steht als göttliche Aufforderung zum «Tanz des Gehorsams» am Anfang. Die Frage, ob Gott ruft, zieht sich durchs ganze Werk der Moniale; denn ohne diesen Ruf wäre es sinnlos, alle übrigen Dinge der Welt fahren zu lassen. Der monastische Weg des Gehorsams, der über Läuterung – Erfahrung Gottes – Demut – Strahlung zum neuen Leben führt, erinnert an die Stufen des mystischen Weges. Das Schlusskapitel besingt mit kühnen Bildworten die «Gotteshochzeit» dessen, der die Sonne gegessen hat und in die göttliche Dynamik hineingerissen wird. Das Geschrei der Enten überm Fluss ist freilich weiterhin hörbar und vermischt sich mit dem Stadt- und Verkehrslärm des neuen Tages. Nichts weiter. Auch die Benediktinerschwester – alle sind nämlich Gomer – tut bloß ihren alltäglichen Dienst. Nichts weiter. Doch sie nimmt die ganze Schöpfung, sich selber, die Mitschwestern, die nächste Umgebung, Chor, Küche, Kräutergarten, Blumen, Vögel, aber auch die Düsenjäger und Krane mit neuen Augen und brennendem Herzen wahr. Sie sieht ins Dahinter voll singenden Feuers.

Unser Text findet sich auch in «Voll singenden Feuers», einer Auswahl von Silja Walters Werken, die 1990 im St. Benno-Verlag Leipzig erschien, «nur zum Vertrieb und Versand in der Deutschen Demokratischen Republik und in den sozialistischen Ländern bestimmt». Das Pfingstfeuer dringt durch Klostermauern, eiserne Vorhänge und psychische Betonwände.

Voll singenden Feuers – das war der faszinierende Eindruck, als ich Schwester Maria Hedwig erstmals im Sprechzimmer des Fahrer Priorats begegnete. Es war im Erscheinungsjahr des Lyrikbandes (1970), dem unser Text entnommen ist und den ich nicht zuletzt deshalb zum Dank und Geburtstagsgruß ausgewählt habe. Mein Ersteindruck hat sich in den bald vierzig Jahren unserer Bekanntschaft stets aufs Neue bestätigt. Auch in ihrem 90. Lebensjahr vermag Silja Walter durch befeuernde Geistesgegenwart das Gegenüber in Anspruch zu nehmen. Man findet sich da in bunter Gesellschaft von Theaterleuten, Musikern, Tänzerinnen, Theologen, Gottsuchern, kritischen Zeitgenossen und Randständigen. Nach anfänglichem Verstummen beim Eintritt ins Kloster hat Silja Walter das Wort gefunden, das die Welt zum Singen bringt. Unter Einbezug aller verfügbaren Stilmöglichkeiten und frei von jeglichem Gattungszwang meldet sie seither aus ihrer Enklave das Kommen Gottes und signiert ihre Texte mit dem benediktinischen Lebensmotto «ut in omnibus glorificetur deus»: UIOGD.

Max Röthlisberger

Zuunterst

Zuunterst im silbernen Wassergrund,
tief unterm Sehn und Verstehn,
ruht schon der Himmel in dir,
Mensch.
Spielt er sein Heilspiel mit dir,
Mensch.
Schließt er die Hochzeit mit dir,
Mensch.
Zuunterst im Grund.

Zuunterst im silbernen Wassergrund,
tief unterm Sehn und Verstehn,
kommt der Erzengel zu dir,
Mensch.
Ist Gottes Geburt in dir,
Mensch.
Ist ewige Weihnacht in dir,
Mensch.
Zuunterst im Grund.

Schau in den Wasserspiegel hinein,
Mensch.
Du hast alles in dir:
den Hirten, den König, den Stern
und das Tier.
Hingerissen vom Kind,
deinem herrlichen Herrn,
von dem sie gezogen sind,
wollen sie hinknien in dir,
Mensch,
und
wie Maria es anschaun,
zuunterst im Grund.
Amen.

(Gesamtausgabe VIII, S. 359)

Lauter Lieblingstexte

Aus dem Meer wunderbarer Texte von Sr. Hedwig meinen Lieblingstext herauszufischen ist unmöglich. Alle Texte, die ich vertonte – besser: aus denen ich die Musik herausschälte, die bereits in ihnen ruhte –, sind meine Lieblingstexte geworden.

Lieber suchte ich nach einem Motto für den Großteil der Lieblingstexte. Dieses Motto umfasst Sr. Hedwigs kindlich weises Wesen, die Begeisterung für Gottes Heilsplan, die mystischen Visionen und die malerische Bildsprache: *WEIHNACHTEN.*

Gott wird Mensch und kommt als hilfsbedürftiger Säugling zu uns auf die Welt – die zeitlose Ewigkeit wird Gegenwart.

«Der Himmel ist zerschellt, jetzt läuft er aus, jetzt rinnt er in die Welt», ruft der Hirte im *Baarer Weihnachtsoratorium,* mit dem 1990 unsere eigentliche Zusammenarbeit begann.

«Die Erde singt, Gewächs und Getier, es singen die Wasser, die Sterne in mir. Gott, Mensch geworden wie wir...», singt der Chor im *Weihnachts-Haus der neuen Schöpfung,* dem rund zehn Jahre später entstandenen großen Mysterienspiel.

Ein Leben in Gemeinschaft mit den Schwestern des Klosters Fahr war Sr. Hedwigs Lebensentscheidung, über die sie tiefgründige Texte geschrieben hat.

Fast alle unsere gemeinsamen Werke wurden jedoch weit weg vom Kloster Fahr von fremden Chören und Orchestern aufgeführt. Deshalb habe ich drei – ursprünglich für professionelle Musiker geschriebene – Weihnachtslieder für den Schwestern-Chor des Klosters Fahr eingerichtet: *Weihnacht im Frühling (aus dem Haus der neuen Schöpfung), Hochzeit mit dir, Mensch (aus dem Baarer Weihnachtsoratorium)* und *Die Erde singt (aus dem Haus der neuen Schöpfung).*

Carl Rütti

II. Hochzeit mit dir, Mensch

Silja Walter
Carl Rütti

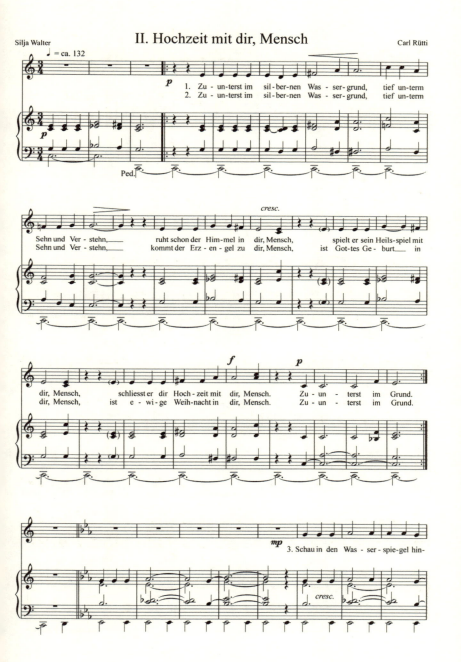

Odilienlied

Durch die Zeiten drehn und gleiten
Gottes Sterne durch die Nacht.
Doch der eine, wahre, reine,
den er für uns ausgedacht,
bleibt am hellen Tag uns nah.
Heilige Odilia!

Weiße Taube, die der Glaube,
durch die Nacht zur Sonne trug.
Deine Schwingen glühn und singen;
nie hast du von Gott genug,
seit dein Herz sein Antlitz sah:
Heilige Odilia!

Auch wir können Gott erkennen,
weck uns auf für seinen Ruf.
Im Vertrauen einst zu schauen
ihn, den Schöpfer, der uns schuf,
sind wie du wir für ihn da:
Heilige Odilia!

Was wir haben, was wir gaben
und dir schenkten, reichte aus.
Dir zu Ehren steht in Fehren
auf dem Berg für Gott ein Haus,
Dank sei ihm, halleluja,
für dich, Sankt Odilia!

Gottes Kinder sind wir Sünder,
die sein Sohn erlöset hat.
Die ihn schauen, und wir bauen
auf dem Berg die lichte Stadt.
Eins im Geiste steht sie da,
Licht vom Licht, Odilia.

Silja Walter und die heilige Odilia

Jugendliche lieben es, sich in verschiedene Zeiten zu versetzen: in die Vergangenheit, die sie aufleben lassen, die Zukunft, die sie in die Gegenwart hineinholen. Sie stellen das plastisch dar und können eine reiche Phantasie entwickeln. Sie gestalten damit ein ganzes Sommerlager-Programm. Sie konstruieren eine Zeitmaschine, um die entsprechende Epoche hereinzuholen.

In Fehren, Kanton Solothurn, im Schwarzbubenland, bereitete die Pfarrei das 25. Kirchweihjubiläum für den 17. Mai 1992 vor. Da kam der Gedanke, die heilige Odilia während der Eucharistiefeier nicht nur im Memento zu erwähnen, sondern auftreten zu lassen und mit den Kindern, Jugendlichen und der ganzen Gemeinde im Heute zu verbinden. Die Eucharistiefeier umfasst alle Zeiten, die Schöpfung und die Vollendung, die Mitte der Zeit in Jesus Christus, dann alle, die mit Jesus Christus und mit uns Heutigen auf dem Weg sind. Wer sollte diese «Zeitmaschine» machen und die Zeiten aufleben lassen und verbinden?

Wir fragten Silja Walter. Wir besuchten sie im Kloster und erzählten, von uns – von der Gemeinde in Fehren. Das Leben der heiligen Odilia beschrieb Maria Stoeckle (Das Leben der hl. Odilia, St. Ottilien 1991).

Die Begeisterung und Freude über die Heilige und die Idee leuchteten aus den Augen von Silja Walter, und schon lebte das Spiel auf. Schwester Hedwig versetzte sich in Odilia. Sie spielte sie uns vor; damit wurde Odilia schon im Sprechzimmer des Klosters gegenwärtig.

In kurzer Zeit entstand das Spiel in der Verbindung mit der heiligen Eucharistie. Im Zentrum war das Eucharistische Geschehen, das sollte nicht verunstaltet werden, sondern der ganze Schatz (Verkündigung des Wortes, Kreuzesopfer, Gegenwärtigsein des gekreuzigten und auferstandenen Jesus Christus durch die Zeiten hindurch, – der Neue Bund mit den Menschen, – das Opfer der Kirche, die Anbetung, das Wort und die Stille, das lukanische Heute, das Gestern, die Erfüllung der Zeiten, auch Sünde und Schuld und Sühne) sollte zur Geltung kommen. Das Leben der Heiligen Odilia wurde eucharistisch interpretiert und dargestellt.

Henri de Lubac hat dies in «Die Kirche – Eine Betrachtung» (Einsiedeln 1968) so beschrieben: Gott hat uns nicht geschaffen, «um innerhalb der Schranken der Natur zu verweilen» oder ein einsames Schicksal zu durchleben; er hat uns geschaffen, um gemeinsam in das Innere seines dreifaltigen Lebens einzugehen. Jesus Christus hat sich dahingeopfert, damit wir ein Einziges werden in der Einheit der Drei Personen ... Die Kirche ist für uns, so wie es unserer irdischen Bedingung entspricht, geradezu die Verwirklichung dieser ersehnten Kommunion. Sie sichert das Mitsein aller – nicht in einem dunklen Schicksal, sondern in einer lichten Berufung ...

Brot, o Sonnenscheibe

Odilia: Brot, o Sonnenscheibe.
Nonnen: Brot, o Sonnenscheibe.
Odilia: Gottes Leib und Bleibe.
Nonnen: Gottes Leib und Bleibe.
Odilia: Wird uns heut zuteil.
Nonnen: Wird uns heut zuteil.
Odilia: Jetzt und hier;
Wir singen Dir,
Herr Jesus Christ, Hosanna!
Nonnen: Hosanna!
Odilia: Dich anschaun, löst Binden.
Nonnen: Dich anschaun, löst Binden.
Odilia: Vom Gesicht der Blinden.
Nonnen: Vom Gesicht der Blinden.
Odilia: Dich anschaun, macht heil.
Nonnen: Dich anschaun, macht heil.
Odilia: (Odilia löst Binde von den Augen)
Jetzt und hier;
Wir danken Dir,
Herr Jesus Christ, Hosanna!
Nonnen: Hosanna!

So sollte die heilige Odilia, die Patronin des Kirchengebäudes, aber auch der ganzen «Familie Gottes» von Fehren, in der Eucharistiefeier gegenwärtig sein und mit der ganzen Gemeinde von Fehren die Eucharistie feiern, und dies in Kommunikation mit dem Leben der Pfarrei in der Welt.

Der erste Entwurf wurde uns zugeschickt. Es wurde noch einmal ein Besuch in Fahr nötig, damit wir uns gegenseitig aussprechen und motivieren konnten. Offene Ohren, Eingehen auf die Wünsche und Vorschläge von Silja Walter kamen uns entgegen mit der großen Freude, die heilige Odilia aufleben zu lassen.

Die Anbetung nach dem «Geheimnis des Glaubens» bildete einen Höhepunkt (siehe den Text auf der gegenüberliegenden Seite).

Paul Rutz

Onkel Friedrich

Mit Friedrich rede ich oft, er ist Großmamas jüngster Sohn. Hängt gemalt in der Wohnstube über der Türe vom Flur her in einem goldenen Rahmen, ein schönes Büblein. Blond. Matrosenkragen, blau und weiß gestreifelt, nur zehn oder elf Jahre alt geworden, vielleicht nur sieben, und schon stirbt er. Tatees hat recht, der kleine Friedrich ist trotzdem unser Onkel. Ich bin ja auch erst sechs Jahre alt, älter will ich nicht werden. Sechs Jahre alt sein ist schön. Nicht wahr, Friedrich? Man muss noch nicht zur Schule. Ich sag dir aber etwas, ich gehe nicht mit hinüber ins neue Haus, wenn wir hier heraus müssen. Auf keinen Fall.

Kannst du die roten und goldenen Bäume aus Großmutters Garten mitnehmen vielleicht? Kannst du die Wiesen und Büsche, die Stallungen und die Kastanien hinüberfahren? Die Linde, das Bienenhaus, das Waschhäuschen, die Hühner und den Mauerbrunnen voll Kapuzinerblumen, die Stallungen – wie? Die Johannesbeerbüsche und die Schneebeeren, das Haus mit Steintreppen und die Terrasse, die Laube, die Fliederstauden und die Oleanderbüsche in den Bottichen vor dem Haus? Den Gütsch mit den Bänken und den uralten Tannen? Kannst du das alles auf den Hügel über dem Kirchweg fuhrwerken? Und die Goldregenbüsche? Den Gemüsegarten, die Rabatte voller Bellis und Salvien, die Stechpalme und das Schattenhäuschen, Zitronenstrauch und Wolkenbaum, die winzigen Wäldchen voll Efeu und Hasenklee – und den Kornellkirschenstrauch ... Die sind nicht gescheit, wenn sie glauben, ohne das alles gehe ich mit hinüber ins neue Haus, Friedrich! Er versteht mich.

(Aus «Der Wolkenbaum»,
Gesamtausgabe VI, S. 40–41)

Das Kind und der Wunderbaum

Friedrich: der Onkel, den Silja, das kleine Mädchen, nie gekannt hat. Die Zeit ist aufgehoben. Es geht aber nicht vor allem um das Kind Friedrich, sondern um das Kind Silja – im Buch sechs Jahre alt, – ein wunderbares Alter für alle, die sich zurückerinnern, für alle, die Kinder kennen: ein Alter kindlichen Träumens und doch schon ein Alter einfühlenden Nachdenkens – über die Mitmenschen, die schwächeren vorab, aber auch über die Zeit, jene zeitlose Zeit, die das Kind wie ein warmer Mantel umschließt. Nur gelegentlich wird dieser Mantel kurz zurückgeschlagen, geöffnet: Da lauert «das Tier» als Zeichen der Gottlosigkeit mit drohenden Augen, oder das unheimliche «bucklige Männlein» macht dem Kind Angst. Es ist keine gekünstelte «heile Welt», eine lebendige Welt, in der die Dichterin und Klosterfrau schon mitredet. Doch gibt sie das Kind, das sie war, nicht preis. Die Sechsjährige ist keineswegs eifersüchtig, dass die jüngere Schwester vor ihr lesen kann: Eine frühe schulische Intellektualität würde das Rundum-Denken in Zeit und Ewigkeit geradezu stören, auch das Leben mit den Pflanzen, die wie ein Paradiesgarten, der immer wieder neu wächst, ja wuchert, zu ihr gehört: vom Pflaumenbaum, über die «süße gelbe Linde» bis zum wilden Kerbel, und dann immer wieder der Kornellkirschenstrauch. Das Kind sitzt mittendrin, in der Haselhecke unter dem Wolkenbaum die Welt erspähend – standhaft will es hier bleiben, bei den Pflanzen des Großmutter-Gartens –, und es will Kind bleiben.

Wir lernten uns kennen durch Deine Kinderbibel, Silja. Dein Verleger wollte von mir als «Kinderbuchfrau» einen «griffigen» Werbetext – schnell sollte das gehen. Zu schnell für mich, zu schnell für Deinen Text. Ich kam dann auf Deine Einladung hin zum ersten Mal ins Fahr, mit schlechtem Gewissen, ohne jenen Werbetext, auf den Du zum Glück nicht gewartet hattest. Wir beiden Verlegerkinder verstanden uns, als ob wir uns seit je gekannt hätten. Es ging weiter mit uns. Als der Wolkenbaum erschien, schriebst Du in mein Exemplar des «Wolkenbaum», auch er wolle ein kindliches «Buch vom lieben Gott» sein, wie meine Kinderbücher.

Dass der Wolkenbaum Deiner Kindheit eine Tamariske ist, steht in Deinem Buch. Tamarisken: Sie stehen sonst mit ihren wolkigen Kronen im einsamen Wüstensand, lassen köstliches Manna, das die Baumläuse ausgeschieden haben, fallen. Das taten sie schon damals, für Mose und sein Volk. Ein Wunderbaum! Ein Baum der Bibel! Einen Werbetext? Nein, den hat das Buch der Bücher, auch Dein Buch nicht nötig.

Regine Schindler

III.

Entdecken werd ich –
bin dem Licht der Natur
auf der Spur,
werd es aufblitzen, ausfließen
sehen:
verzaubert von ihm,
dem unfasslichen, süßen
Licht vom Urlicht

– das in den tiefsten Schichten
der Dinge und Wesen
verborgen,
von selbst sich zu lesen
und zu erkennen gibt –

– in dem alle Heilkräfte
in ihren Kammern
und Keimen
noch träumen,
die unbändigen, ja,
und die leisen und
zarten,
die mich als Entdecker und Erwecker
erwarten –

Momentaufnahme eines schöpferischen Gesamtkunstwerks

Würde ich an Heilige glauben, dann, glaube ich, wäre Silja Walter eine. Aber ich glaube eigentlich nicht ans Heilige. Nicht im irdischen Bereich. Und da stecke ich schon mitten in der Frage nach Grenzübergängen: Diese Frau tanzt über die Ränder der Welt hinaus. Mit beiden Beinen auf dem Boden stehend sieht sie gleichzeitig hinüber in einen erweiterten Raum und hält bereits ihr Leben lang einen Fuß in jener offenen Türe.

Unsere Begegnungen waren sparsam verteilt über einen langen Zeitraum. Jede ein Ereignis: Wie mit einem Lichtschalter angeworfen waren wir gleich mittendrin, im voll konzentrierten Erleben beim Austauschen und Zuhören, in der sinnlichen Umarmung beim Abschied. Eine kunstvolle Art, das Leben nicht zu verpassen. Immer im Selbstverständnis ihrer geistigen Überlegenheit, mit der sie auf vollkommenste Weise von der Unvollkommenheit sprach. Auch von ihrer unaufhörlichen Suche. Ihren Fragen, die nie enden sollen: Fragen nach ihrer konstruktiv streitbaren Beziehung zu IHM, zur nährenden und eingrenzenden Umgebung ihres Wohnortes, zum Du, zum Wort, zur Biografie: eine ringende Geschichte mit einem zähen Lebensfaden, der nie bricht und die wiederkehrenden Engpässe oder Abgründe mit scheinbarer Leichtigkeit betrachtet und systematisch weiternäht. Eindrücklich zeigt sie, wie man auf dieser Entdeckungsreise in höchste Sphären hinaufblicken kann und daran teilnehmen.

Ihre Sprache ist komponierte Musik. Mit präziser Intuition, Bild für Bild, assoziativ, nicht schnurgerade, eher kreisend. Manchmal federleicht durch den Wind gleitend, und vielleicht schnappt man ein paar Federn im Flug. Wenn man mitfliegt. Aber zum Halten ist sie nicht gedacht. Nicht zum Verstehen jedenfalls. Es funkelt und man schaut den blitzenden Momentaufnahmen zu. Und ist gefordert, ES immer wieder loszulassen.

Dieses Glück, die Begegnung mit dieser Frau und ihrer Sprachschöpfung, beeindruckt wie eine Sternschnuppe. Das Staunen wirkt lange nach, weil es in die Tiefe greift, aber auch unbequeme Fragen weckt: zu meinem unzulänglichen Ich, der ziellosen Unruhe, all den äußerlichen Fragen und materiellen Täuschungsmanövern.

Silja Walter lebt Dichtung. Sie nennt es Liebe, die da schwingt und den Raum erfüllt. Ein Leben aus Liebe, das sich in Sprache offenbart. Freude und Fest. Festgehalten in Schwarz auf Weiß. Ihre Kunst heißt auch ‹das Leben können›. Davon kann ich nur träumen. Und wenn ich diese Kunst, ihre Lebens-Kunst, nicht selber können kann oder will, dann kann ich sie immerhin aufnehmen, gestalten und weitertragen. Silja Walter lässt dies zu, das Vollkommene neben dem Unvollkommenen. Fügt es zusammen. Tanzt

Ich hör schon das kreisende Leben
in den Erzen
pochen,
in den Herzen
und Quellen
der Zellen.

Planeten sausen
zuinnerst in allen Geweben
der Moose,
Mohrrüben,
Wildgans,
Kreuzspinne
und Rose,
im Aal,
Mineral.

Sag Menschheit, Frau,
hörst du denn nicht
den Morgenstern in dir singen?
Er singt dir die Glut,
die Urkraft,
die in ihm lodert,
ins Blut.

(Aus «Und Himmel und Welt sind als Ganzes gedacht», Gesamtausgabe VIII, S. 441–442)

schreibend über die Sterne und Ränder der Welt hinaus und besingt gleichzeitig unten die erdigen Mohrrüben. Bewegt und getrieben. Vielleicht hat ihre Kunst, ihr Zusammenfügen von Himmel und Erde, etwas Heiliges. Gut möglich, dass ich doch daran glaube, an dieses Heilige.

Barbara Schlumpf

Im Jahr 1993 konnte ich anlässlich des Paracelsus-Jahres Silja Walters Auftragswerk «Die Schöpfungswoche des Paracelsus oder Himmel und Erde sind als Ganzes gedacht» in der Klosterkirche Einsiedeln inszenieren: in Zusammenarbeit mit dem Orgelkünstler Theo Flury, dem Percussionist Pierre Favre, der Sopranistin Cécile Zemp, den Festival Strings mit Dirigent Baumgartner, dem Akademiechor Luzern mit Dirigent Koch sowie den Schauspielern Ingold Wildenauer, Sibylle Courvoisier und der Theatergruppe Chärnehus.

2007 habe ich dieselbe Siebentage-Lyrik für eine kleine Formation neu konzipiert: mit dem Sprecher Franziskus Abgottspon, der Vokalkünstlerin Agnes Hunger und dem Musiker Jimmy Gmür touren wir aktuell in verschiedenen kirchlichen Räumen.

Tänzerin

Der Tanz ist aus. Mein Herz ist süß wie Nüsse,
Und was ich denke, blüht mir aus der Haut.
Wenn ich jetzt sacht mir in die Knöchel bisse,
Sie röchen süßer als der Sud Melisse,
Der rot und klingend in der Kachel braut.

Sprich nicht von Tanz und nicht von Mond und Baum
Und ja nicht von der Seele, sprich jetzt nicht.
Mein Kleid hat einen riesenbreiten Saum,
Damit bedeck ich Füße und Gesicht
Und alles, was in diesem Abend kauert,
Aus jedem Flur herankriecht und mich misst
Mit grauem Blick, sich duckt und mich belauert,
Mich gellend anfällt und mein Antlitz küsst.

Sprich nicht von Tanz und nicht von Stern und Traum
Und ja nicht von der Seele, lass uns schweigen.
Mein Kleid hat einen riesenbreiten Saum,
Drin ruht verwahrt der Dinge Sinn und Reigen.

Ich wollte Schnee sein, mitten im August,
Und langsam von den Rändern her vergehn,
Langsam mich selbst vergessend, ich hätte Lust,
Dabei mir selber singend zuzusehn.

(Gesamtausgabe I, S. 32)

Eine Erinnerung

Anfang der 90-er Jahre fuhren Otto und ich für ein paar Tage an einen kleinen See im Französischen Jura. In meine Reisetasche hatte ich auch den Band mit den «Gesammelten Gedichten» gelegt. Das kleine Hotel war das einzige Haus am See, der zwischen Weiden und dichtem Wald lag. Am Abend saßen wir im großen Dachzimmer, meine Erinnerung stattet es mit einem Cheminée aus. Otto hat mir Gedichte von Silja vorgelesen. Wir waren beide sehr berührt.

Im September dieses Jahres habe ich Silja im Kloster besucht. Wir haben, wie meistens, einen Spaziergang gemacht der Limmat entlang. Bei der Rückkehr habe ich in der Vorhalle des Klosters die dort hängenden Fotografien betrachtet. Eine zeigt ein paar Ordensschwestern vom Fahr, wie sie in der Fähre sitzen, die jeweils am Sonntag ganz in der Nähe des Klosters Spaziergänger ans andere Ufer bringt. Wie ein Déjà-vu erinnerte ich mich an den Abend im Jura; jetzt war es Silja, die mir das Gedicht «Tänzerin» vortrug.

Michèle Scholl-Walter

Gebet des Klosters am Rand der Stadt

Jemand muss zuhause sein,
Herr,
wenn du kommst.
Jemand muss dich erwarten,
unten am Fluss
vor der Stadt.

Jemand muss nach dir Ausschau
halten,
Tag und Nacht.

Wer weiß denn, wann du kommst?

Herr,
Jemand muss dich kommen sehen
durch die Gitter
seines Hauses,
durch die Gitter –

durch die Gitter deiner Worte,
deiner Werke,
durch die Gitter der Geschichte,
durch die Gitter des Geschehens
immer jetzt und heute
in der Welt.

Jemand muss wachen,
unten an der Brücke,
um deine Ankunft zu melden,
Herr,
du kommst ja doch in der Nacht,
wie ein Dieb.

Wachen ist unser Dienst.
Wachen.
Auch für die Welt.
Sie ist oft leichtsinnig,
läuft draußen herum
und nachts ist sie auch nicht
zuhause.
Denkt sie daran,
dass du kommst?
Dass du ihr Herr bist
und sicher kommst?

Jemand muss es glauben,
zuhause sein um Mitternacht,
um dir das Tor zu öffnen
und dich einzulassen,
wo du immer kommst.

Herr, durch meine Zellentüre
kommst du in die Welt
und durch mein Herz
zum Menschen.
Was glaubst du, täten wir sonst?

Wir bleiben, weil wir glauben.
Zu glauben und zu bleiben
sind wir da, draußen,
am Rand der Stadt.

Herr,
und jemand muss dich aushalten,
dich ertragen,
ohne davonzulaufen.
Deine Abwesenheit aushalten,
ohne an deinem Kommen
zu zweifeln.
Dein Schweigen aushalten
und singen.
Dein Leiden, deinen Tod mitaushalten
und daraus leben.
Das muss immer jemand tun
mit allen andern
und für sie.

Und jemand muss singen,
Herr,
wenn du kommst!
Das ist unser Dienst:
Dich kommen sehen und singen.
Weil du Gott bist.
Weil du die großen Werke tust,
die keiner wirkt als du.
Und weil du herrlich bist
und wunderbar,
wie keiner.

Komm, Herr!

Hinter unsern Mauern
unten am Fluss
wartet die Stadt
auf dich.

Amen.

(Gesamtausgabe II, S. 460–462)

Eine Tür des Gebets

Dass Schriftsteller Gebete verfassen, ist nicht die Regel. Tun sie es dennoch, dann muss es nicht die uns vertraute Weise des Betens sein. Es ist nicht gut möglich, Silja Walters «Gebet des Klosters am Rande der Stadt» darin unterzubringen. Der Leser fühlt sich unmittelbar an den Standort des Klosters Fahr versetzt, einen Ort, der durch sein Dasein und seine Art ein Geheimnis hütet, dem die schreibende Benediktinerin Herz, Gedanke und Sprache leiht. Für den, der ihr dabei, folgt, verliert der «Rand der Stadt» seine topographische Zufälligkeit und Eindeutigkeit; er gewinnt an Zeichen und Bedeutung. Dieser Zugewinn lädt dazu ein, den «Rand» in verschiedene Richtungen abzuschreiten.

Eine dieser Richtungen begegnet uns in der Offenbarung der Dichterin als Beterin. Der Platz «am Rande der Stadt» steht nicht nur für die Verdrängung des Gebetes aus der Welt und dem Leben der «Stadt», er markiert gleichzeitig eine höchst exponierte Position an der Schwelle zweier Atmosphären. «Randexistenz» in diesem Sinn heißt: warten und erwarten, schauen und ausschauen, ausharren und bleiben, wachen und singen, öffnen und einlassen. Was Silja Walter in diesen biblisch inspirierten Bildern, Verhaltensweisen und Tätigkeiten entfaltet, könnte man als Gebet oder Beten «am Rande» bezeichnen. Darin kann sich der zeitgenössische Bewohner der «Stadt» wie auch derjenige, der an ihrem «Rand» lebt, wiedererkennen. Für den Beter «am Rande» wie für das Gebet «am Rande» ist ein letztes «muss» kennzeichnend, das nicht mehr hinterfragt werden kann und alle und alles übersteigt. Dieses «muss» beinhaltet ein höheres Wissen um das «Kommen» des Herrn; es besagt mehr als Pflicht, Notwendigkeit oder Gebot, es gründet in einem nicht mehr erhellbaren Zusammenhang und Zusammenhalt. Das Beten «am Rande» ist ein «Müssen», das «über» dem Beter steht.

Dieses «muss» trägt zugleich einen höchst solidarischen und stellvertretenden Charakter. «Am Rande» beten: «das muss immer jemand tun mit allen andern und für sie». Der Beter ist «zuhause», bei sich, «am Rand der Stadt», «Tag und Nacht». Wer darüber nachdenkt, dem legt sich die Vermutung nahe, ob nicht im «muss» des Schreibens, wie es sich einem Schriftsteller auferlegt, ein noch hintergründigeres «muss» des Betens «am Rande» steckt und am Werk ist. Silja Walter hat in ihrem «Gebet des Klosters am Rand der Stadt» eine Tür des Gebets für heute aufgetan. Dass sie dabei nicht allein ist, belegen Namen wie Reinhold Schneider oder Elie Wiesel.

Abt em. Christian Schütz OSB

Eine große Stadt ersteht

Eine große Stadt ersteht,
die vom Himmel niedergeht
in die Erdenzeit.
Mond und Sonne braucht sie nicht;
Jesus Christus ist ihr Licht,
ihre Herrlichkeit.
> Wollt ihr Gottes Antlitz sehn,
> lasst uns gehn und auferstehn
> in der Kirche, Gottes Stadt.

Durch dein Tor lass uns herein
und in dir geboren sein,
dass uns Gott erkennt.
Lass herein, die draußen sind;
Gott heißt jeden Sohn und Kind,
der dich Mutter nennt.
> Wollt ihr Gottes Antlitz sehn,
> lasst uns gehn und auferstehn
> in der Kirche, Gottes Stadt.

Dank dem Vater, der uns zieht,
durch den Geist, der in dir glüht;
Dank sei Jesus Christ,
der durch seines Kreuzes Kraft
uns zum Gottesvolk erschafft,
das unsterblich ist.
> Wollt ihr Gottes Antlitz sehn,
> lasst uns gehn und auferstehn
> in der Kirche, Gottes Stadt.

(Gesamtausgabe X, S. 597)

Zur Entstehungsgeschichte des Liedes

Es war im Herbst 1965. Die Vorbereitungen für das neue interdiözesane Kirchengesangbuch der Schweiz waren weitgehend abgeschlossen. Die «Schweizer Psalmodie» lag vor, und auch eine stattliche Reihe von Mess- und Zeitliedern. Die reformierten Mitchristen gestatteten uns großzügig, über vierzig Lieder aus ihrem Gesangbuch zu übernehmen – zum symbolischen Preis von einem Franken. Doch die zuständigen Kommissionen stellten Lücken fest, vor allem bei den Liedern über die Kirche. In Rom tagte die letzte Session des Zweiten Vatikanums, und die Konstitution «Lumen gentium» war seit Kurzem greifbar. Wir wollten daher aus ihrem Geist ein neues Lied über die Kirche schaffen. Wer aber konnte uns einen guten Text liefern? Auch für die andern Vorhaben? Da fiel uns der Name Silja Walter ein.

Weil ich von den Bischöfen den Auftrag hatte, ein neues Gesangbuch für alle Schweizer Diözesen zu erarbeiten, fuhr ich im Herbst 1965 ins Kloster Fahr zu Schwester M. Hedwig. Ich kann mich noch gut erinnern: Gespannt wartete ich im Riegelbau. Wird sie die Aufträge annehmen? Sie kam – und war ganz begeistert darüber, ihr dichterisches Schaffen einmal in den Dienst der Liturgie stellen zu dürfen. Nach ein paar Tagen schon schickte sie mir das Lied von der Kirche. Es wurde von den zuständigen Fachgremien dankbar angenommen, aber an einigen Stellen geändert.

Nun ging es darum, eine adäquate Melodie zu finden. Wir wählten dafür die Form eines kleinen Wettbewerbes. Den ersten Preis gewann Gregor Müller, Brig (siehe KGB 665). Leider wurde das Lied in den Pfarreien nie recht heimisch. Doch zehn Jahre später legte Pfr. Dr. Josef Anton Saladin, der als Generalpräses des Cäcilienverbandes Mitglied der Hauptkommission für das EGB war, seine Melodie der zuständigen Subkommission vor. Diese nahm das Lied in seiner Fassung an. So kam der großartige Liedtext von Silja Walter in das «Gotteslob» – und auf diesem Umweg in das «Katholische Gesangbuch» 1998 der Schweiz. Es ist nur zu wünschen, dass das gehaltvolle Lied in unseren Gemeinden vermehrt gesungen wird.

In verdankenswerter Weise half uns Sr. M. Hedwig noch drei weitere Lücken schließen. Im protestantischen Gesangbuch «Psaumes de David», Straßburg 1548, fand P Dr. Hubert Sidler OfmCap eine Melodie, die sich für ein Magnifikatlied gut eignet. Sie verfasste den Text dazu. Das Strophenlied KGB 834, KG 746 wurde in den Pfarreien sehr bald freudig aufgenommen. Ferner stammen von ihr das Kommunionlied «Dein Wort, Herr, ist ergangen» (KGB 487) und die Neufassung des Hochzeitsliedes «Dem Vater wir lobsingen» (KGB 563).

Paul Schwaller

Wir tanzen mit

JESUS
tanzte auf Erden den Tanz
der spielenden Weisheit,
die er selber ist,
tanzt ihn weiter als ein Mensch,
und Menschen tanzen mit

HERR.
Nie hast du den Satz
‹Ich bin das Leben›
zurückgenommen.
Auch im Tode nicht.
Auch in unserem Tode
bist du unser Leben.
Also spielst du uns,
spielende Weisheit,
in jedes neue Morgen hinein
und durch den Tod hindurch
in die Vollendung.

(Aus «Freuet Euch!», Weltgebetstag 1972)

Die spielende Weisheit

Dezember 1971. Im Pfarrhaus in Hemmental las ich zum ersten Mal Silja Walters Texte zur Liturgie des Weltgebetstags. Da wusste ich: Darauf habe ich gewartet! Diese Liturgie gab wieder, was ich für mich und andere ersehnte. Es kamen Tänze darin vor, Ballspiele, viel Musik und Dialoge, die das erstarrte Leben in der Kirche unserer Zeit sichtbar machten.

Keine Minute zögerte ich, diese Liturgie am 1. Freitag im März mit Weltgebetstag-Frauen zu feiern. Ich ahnte noch nicht, was mir bevorstand, auch nicht, dass diese Worte für mich persönlich, für mein Leben, für meine Arbeit als Pfarrfrau so bedeutsam und bestimmend sein würden.

Die Frauen im Kanton Schaffhausen teilten sich in zwei Lager. Tanz in der Kirche sei des Teufels, stand in einem Drohbrief eines Kirchenmannes. Diejenigen, die begeistert waren, mussten zusammenhalten, Mut zeigen, kämpfen. Das wirkte befreiend. Allen Anfechtungen zum Trotz begannen wir überall in der Schweiz diese Liturgie zu gestalten.

Silja Walter traf ich das erste Mal im Kloster Fahr. Ihre Ausstrahlung, ihre Lebendigkeit, ihre Heiterkeit, ihre leichte fast tänzerische Art zu gehen, drückte etwas aus von der ‹spielenden Weisheit›. In Zusammenarbeit mit ihr, einer Theologin, Leni Altwegg und Helen Stotzer-Kloo, einer vierfachen Mutter und Präsidentin des Weltgebetstages, entstand ein Werk, das Menschen bewegte, aufweckte und inspirierte. Diese Liturgie verankerte theologisch für uns: Es ist möglich und biblisch, Gott mit allen Sinnen, mit Herz, Seele, Geist und Körper zu loben. Die schweizerische Weltgebetstag-Liturgie 1972 schrieb Geschichte: indem erstmals seit Jahrhunderten in christlichen Kirchen wieder getanzt wurde – nicht nur von Professionellen, sondern von jungen und alten Mitwirkenden wie Teilnehmenden.

Silja Walter gab der Basis eine Stimme. Sie hat stellvertretend für viele Frauen und Jugendliche dichterisch ausgesagt, was diese dachten und fühlten, aber nicht ausdrücken konnten. Ihre Worte und das Geschehen in dieser Liturgie nahmen uns hinein in die neue Schöpfung, in Gottes Nähe. Durch ihre szenischen Gottesdienste erlebten wir dies immer wieder neu.

Wenn ich 2008 die Liturgie 1972 wieder lese, wirkt sie immer noch aktuell. Wieder fasziniert mich die Kühnheit der Ideen und die poetische symbolreiche Sprache. 36 Jahre später entdecke ich Texte neu. So die nebenstehenden.

Die ‹spielenden Weisheit› hat mich und andere nie losgelassen. Sie begleitet uns ein Leben lang. Danke Silja, danke Kloster Fahr!

Simone Staehelin-Handschin

Aus Dir bin ich ganz

Du hast mich, mein Gott, in Dir erdacht,
bevor du gemacht hast den Tag
und die Nacht.
Aus Dir bin ich ganz.

Bin ganz Deine Gabe.
Im Feuer im Glanz Deiner Liebe erwacht.
Was ich bin, was ich habe.

Für wen? Wozu?
Seid still.
Das muss ich tief innen
besinnen.

Zurück will mein Wesen,
in Dich, Gott, hinein.
Woher es kam,
dass ich lebe und bin,
da gehöre ich hin,
da will ich sein,
seitdem ich vernahm
und erfahre:
Ich selbst, meine Habe,
ist Deine Gabe.

Für wen? Wozu?
Seid still.
Das muss ich tief innen
besinnen.

Du hast mich geschaffen
und mich mir gegeben,
ich soll so leben
wie Du:

Ein Quell
zum Verschenken,
die Leere im stillen zu füllen,
die Dürre zu tränken,
mit Wasser,
das hell
aus dem Herzen springt
und singt.
Mit der Liebe, die gibt
und vergibt.
Die Liebe aus Gott,
die alle,
die jede und jeden
grenzenlos liebt.

Seid still.
Das muss ich tief innen
besinnen.

*(Gesamtausgabe VIII,
S. 517–518)*

Liebe Schwester M. Hedwig,

Dir zu begegnen auf einer sehr schwierigen Wegstrecke in meinem Leben, hat Gott sich das für mich – für uns – ausgedacht?
Dieses Dein Gebet begleitet mich seither wie ein guter Freund durch all meine Zeiten, berührt mich immer wieder von neuem und zieht mich am Ende eines jeden Tages hinein in die Nacht und aus der Nacht in jeden neuen Tag.
In diesem Sein von Ebbe und Flut durfte ich erkennen, für wen und wozu ich lebe, für wen und wozu mir Gott «meine Habe als seine Gabe» schenkte.

Meine liebe Silja-Schwester, das sind die feinen, leisen Klänge Deines Herzens, und Du fügtest mir einmal in einem Deiner mir so wertvollen Briefe ein Wort hinzu, das genau auch für Dich seine Gültigkeit hat, nämlich:

«Gott liebt dich unaussprechbar,
auch wenn du oft glaubst,
du seiest alleine auf der Welt
mit deiner Sehnsucht».

In solcher Weise dürfen wir miteinander unterwegs sein, «immer tiefer zieht uns Gott an sich und alle, die wir lieben, damit».
Gerne webe ich weiter am Teppich meines Lebens, mit Dir in meinem Herzen, Stück für Stück, ohne Ende und mit den Farben «der Liebe, die gibt und vergibt».

In Dankbarkeit
   Deine

Sue Suter

Jetzt tanzen die Sterne

Jetzt tanzen die Sterne,
        o Weihnacht, o Kind!
  Die Felder,
    die Wälder,
die Flüsse, die Städte,
sie tanzen, als hätte
    sich alles gewendet,
    sie tanzen, als wäre
  der Tod schon verendet,
        o Weihnacht, o Kind!
Jetzt tanzen und laufen
    im Kreis um die Mitte
    das Meer und
    die Schiffe,
    als riefe, als griffe
    der Lobpreis, der Lobpreis
der Engel nach ihnen,
        o Weihnacht, o Kind!

(Gesamtausgabe VIII, S. 154)

Alle Tage Weihnachten

Dass an Weihnachten die Sterne tanzen: ach Silja, welch schönes Bild! So etwas kann sich wohl nur eine Dichterin ausdenken. Ich habe so etwas noch nie gesehen. Dass dann die Geschäftsleute tanzen, das kann ich mir schon eher vorstellen, nämlich wenn sie ihre Einnahmen zählen. Und die sind jedes Jahr neu rekordverdächtig.

Und wenn ich das so überlege und schreibe, merke ich: Ich bin wieder im alten Trott – alle Jahre wieder. Irgendwie ist uns die ungetrübte Freude an Weihnachten abhanden gekommen. Ich jedenfalls denke bei diesem Wort allzu schnell an Einkaufstress und scheinheiliges Getue. Klar, das alles gibt es. Es gibt auch die zuckersüße romantische Sauce, die sich gerade an diesem Fest so gern über das Elend in der nahen und in der weiten Welt gießen lässt.

Aber wenn ich dabei stehen bleibe, komme ich nicht zur Mitte von Weihnacht: Die Mitte ist das neugeborene Kind, den die Engel verkünden: «Euch ist heute der Heiland geboren.» Wegen ihm ist der Tod so gut wie bereits gestorben. Das Meer und die Schiffe und die Felder und Städte haben das gemerkt. Sie haben sich vom Lobpreis der Engel ergreifen lassen. Nur wir Menschen tun uns schwer damit. Wo sind unsere Ohren für die Engel und unsere Augen dafür, dass um uns herum alles zu tanzen begonnen hat? Aber ich will ja gar nicht bei der Fassade stehen bleiben; das bringt mich nicht weiter. Hineingelangen in das Geheimnis dieses Festes: das will ich.

Das Fest, wann ist das? Ja, ich weiß, es wird gegen Ende des Jahres begangen und hoffentlich auch gefeiert. Doch ich habe von Dir, Silja, gelernt: Das ist nicht alles. Ich muss mich nicht auf ein paar wenige Tage beschränken. Das ganze Jahr ist Weihnachten; das ganze Jahr ist Neugeburt; das ganze Jahr ist Tanzen und Lobpreisen. Wer als weihnachtlicher Mensch lebt, kann etwas erleben: Seine Mauern werden durchlässig und seine Schritte werden leicht. Das hast du mir gezeigt. Ja, ich habe es weit gebracht mit dir!

Das ganze Jahr kann ich nutzen, die Augen zu öffnen, die Ohren zu spitzen und die Mitte zu suchen. Vielleicht finde ich sie nur, wenn ich in sie hineintanze. Es ist Zeit, die ersten Schritte einzuüben. Dann kann der Lobpreis auch mich ergreifen: «Ehre sei Gott in der Höhe und Friede den Menschen auf Erden.» Dann und nur dann wird Weihnachten auch für mich – jeden Tag neu.

Liebe Silja, dass ich dein Lektor sein darf und dass dir über so viele Jahre nicht die Lust daran vergangen ist, mir deine Texte anzuvertrauen, macht mich stolz. Du bist mir zur Schwester geworden, und das ist wunderschön!

Hans Thomas

Das Herz betet von selbst

Auf dem Auslegetisch unserer Bibliothek lag vor Jahren ein Buch mit dem Titel: «Das Trinitarische Gebet». Ich ließ es ungeöffnet liegen, bin indes heute sicher, es hatte sich da um das innerste Herzensgebet gehandelt, von dem hier die Rede ist.

Dieses Gebet geht nicht vom Menschen aus zu Gott empor, geschieht aber doch in ihm, als in einem dafür geschaffenen Innenraum, von Gott zu Gott in Gott, in der dreifaltigen Einheit der drei Personen. Unser Herz ist der Ort, wo Gott sich seit der Taufe selber im Zueinander von Vater, Sohn und Geist allein angemessen zu rühmen und anzubeten vermag, eben göttlich, vollendet ...

Da dieses Gebet «aus sich heraus geschieht», hängt es nicht von mir ab, ob und wie es sich ereignet. Aber von der Armut meines Herzens hängt es ab. Es wird sich nur im armen Herzen entfalten können.

Das wird letztlich seine Seligkeit, von der Jesus in der Bergpredigt spricht.

Suche ich Gott, gehe ich auf das Ankommen in diesem Geheimnis zu. Das Ziel klösterlichen Daseins und Weges kann nirgendwo anders liegen. Denn da unser Herz im Gottesgebet selber in die ewige Begegnung und Beziehung von Vater und Sohn, Sohn und Vater im Heiligen Geist hineingezogen wird, kann das am Ende nichts anderes als Ankommen unseres geschöpflichen Seins in Gott bedeuten ...

Das ist es aber, was ich damals in der Messe in Randa zum ersten Mal erfuhr: Zuinnerst im Christen betet das Herz von selbst, betet es sein dreifaltiges «Taufgebet».

(Aus «Das Herz betet von selbst»,
Gesamtausgabe VII, S. 67–68)

Sein im Gebet

Auf die zentrale Frage, welches das Ziel des inneren, geistlichen Weges des Menschen sei, gibt Silja Walter die zuerst überraschende Antwort: Das Hineingenommenwerden in das trinitarische Gebet. In das Gebet, das Gott seit ewig betet, ja das er selber ist.

Die Einheit mit Gott oder dem Göttlichen, die jede spirituelle Suche anstrebt, wird von ihr genauerhin bestimmt als Sein im Gebet des dreifaltigen Gottes, das uns durch die Taufe eröffnet ist und welches das Herz mitvollziehen darf, wenn es arm und offen ist. Der ganze christliche monastische Weg, Meditation und Liturgie, Kontemplation und Askese seien hier hinein als ihren Zielpunkt geortet. Und dann folgt der erstaunliche Hinweis, dass ihr diese Einsicht, die das unterscheidend Christliche enthält, schon am Anfang ihres geistlichen Weges in Randa geschenkt worden ist.

Dieses Gebet sei die ewige Begegnung und Beziehung von Vater und Sohn, Sohn und Vater im Heiligen Geist. Sie vollzieht sich nach dem Zeugnis der Schrift und der Deutung der Theologie darin, dass sich der Vater total verschenkt und der Sohn, das dadurch gegebene Gegenüber, sich total verdankt und zurückschenkt.

Der dreifaltige Gott verschenkt sich aber auch vorsichtslos und vorbehaltlos seinem Geschöpf Mensch und realisiert das in seinem Einsatz in Jesus Christus. In dessen Menschwerdung, Leben und Leiden, Auferstehen und Geist-Aussenden. Der Mensch ist eingeladen, dieses ewige Gebet und Sich-Verschenken sich in ihm vollziehen zu lassen und in dieses einzuschwingen.

Man muss Schwester Hedwig von ganzem Herzen dankbar sein, dass sie unser Herz für diese tiefste Wirklichkeit von neuem öffnet.

Peter von Felten

Uns geht es gut

Uns geht es gut.
- Wir sind zufrieden.
– Wir wollen keine Veränderung.
– Wir sind gegen jede Veränderung.
– Wie es ist, ist es am schönsten.
– So ist es immer gewesen.
– Und so soll es bleiben.
– Neue Ideen brauchen wir keine.
– Information der Bevölkerung
haben wir nicht nötig.
– Unsere lieben Gnädigen Herren
machen es schon recht.
– Informationen sind alles Fötzelzeug.
– So wie es ist, ist es gut,
und so ist es immer gewesen,
und so soll es bleiben in unserer Stadt.
– Amen.
– Dann haben wir den Frieden.

(Aus «Die Jahrhundert-Treppe»,
Gesamtausgabe IV, S. 279)

Meine Begegnung mit Silja Walter

Es war für mich ein einmaliges Erlebnis:

Nach der Zusage von Silja Walter, zum Jubiläum «500 Jahre Solothurn im Bund», 1481–1981, ein Freilichtspiel zu verfassen, wünschte sie, von einem Historiker mit Stoff inspiriert zu werden. So saß ich denn am vereinbarten Nachmittag dieser sympathischen, wachen und neugierigen Klosterfrau gegenüber, um ihr bedeutsame Stufen in der 2000-jährigen Entwicklung Solothurns vor Augen zu führen. Während ich von der Römerzeit über Niklaus von Wengi bis zur Demokratisierung und Industrialisierung des Kantons wichtige Ereignisse aneinanderreihte, durfte ich miterleben und mitfühlen, wie es unvermittelt in Kopf und Herz dieser schöpferischen Frau zu zünden und zu funken begann, zu durchdringen, zu planen und zu gestalten. Bald nahm das Treppauf und Treppab durch die wechselvollen Zeiten der Vergangenheit und in die Hoffnungen der Zukunft ebenso Gestalt an wie die Idee, im Mikrokosmos Solothurn den Makrokosmos einer ganzen Welt spiegeln zu lassen. Es war das beginnende Verdichten des Stoffes, eben «Dichtung», schon ausgerichtet auf ein Hauptthema der «Jahrhunderttreppe», auf den Menschen, den Alten Adam und den Neuen Menschen. Es war die Künstlerin, die ich unmittelbar erleben durfte; es war die strömende Schaffenskraft einer Persönlichkeit, die ebenso von hoher Warte wie aus ihrem Innern die Menschen, ja die Menschheit erfährt in ihrem Tun und ihrem Wandel in einer wechselvollen Geschichte. Ich war Zeuge einer der schönsten und wichtigsten Tugenden des Menschen, Zeuge von Kreativität.

Die Erstaufführung auf der St. Ursentreppe fand in Abwesenheit von Silja Walter statt, die vor ihren Mitschwestern nicht bevorzugt sein wollte. Es war für mich beeindruckend, jetzt jenen Passus über die Thematik der Veränderung zu vernehmen, wo die solothurnische Autorin die solothurnische Maxime: «S' isch immer e so gsy,» gleichsam verdeckt zu hinterfragen beginnt in weiser Voraussicht, dass die Frage von Beharrung und Veränderung immer neu auch im 21. Jahrhundert Gesellschaft und Politik beschäftigen und bestimmen wird. Es ist die Frage, ob Veränderung gewünscht und sinnvoll sei, solange es uns (vordergründig) gut geht, oder ob wir vor Sattheit eine bessere Zukunft zu verschlafen drohen. Es ist die Frage, was zeitlos gültig und was überholt sei, ob Veränderung statt nur verneint, durchaus geprüft und vor allem gemeistert werden soll, um auf der Jahrhunderttreppe so weit auf und ab zu steigen, wie es dem Menschen und dem Gemeinwesen dienlich ist.

Die Antwort der Bürgerinnen und Bürger im Chronikspiel von Silja Walter soll zu denken geben.

Thomas Wallner

Jetzt ist die Zeit

ommt keiner her, um zu schöpfen –
Keiner –
Ist es nicht Zeit, dass Friede wird,
hier, heute und jetzt,
im Land, in der Welt –
Leute, Weihnacht ist jetzt,
Ostern ist jetzt,
und jetzt ist Pfingsten –
denn Jesus Christus ist jetzt, gestern, morgen
und in Ewigkeit. Amen.

(Aus «Feuerturm», Gesamtausgabe V, S. 70)

Psalm im Advent

Bald bist Du da, oh Herr,
erhofft, erwartet, ersehnt
von Kindern, Kassen und Bilanzen.
Schaufenster und Prospekte
Schwärmen seit Wochen von Dir.
Christbäume schießen wie Pilze aus dem Boden.

Und die grenzenlose Gier der Menschen
treibt uns alle
an den Rand des Ruins.

Weihnachtsbeleuchtungen
erhellen die Straßen.
Elektrische Kerzen überschwemmen das Land.
Hallelujaklänge hüllen uns ein:
Oh Tannenbaum, wie grün ist dein Kleid.
Im Fernsehen rieselt leise der Schnee.

Und Abermillionen Hungernde
schauen ohnmächtig zu,
wie Autos ihre Nahrung verpuffen.

Papier bekränzte Festtagsgänse
füllen üppige Vitrinen.
Mailänderliduft füllt Küche und Haus.
Zimtsterne glühen im Ofen.
Die Weihnachtsgäste
sind schon seit Tagen geladen.

Und Scharen Ausgesteuerter
schleichen sich stumm aus der Gesellschaft,
füllen Sozialämter und Bahnhöfe.

Die Reichen werden reicher,
die Armen ärmer,
die Menschheit driftet auseinander.
Deiner Schöpfung droht der Kollaps.
Und die sich umarmenden Staatsmänner
haben wie immer alles im Griff.

Derweil schlotterst Du draußen, oh Herr,
auf verlassener Straße.
Frierst bis aufs Mark vor verschlossener Tür.
Jetzt und heute und immer schon.

Franz Walter

Was bin ich denn betrübt?

Ist hinter allen Dingen,
die scheinbar nicht gelingen,
doch einer, der mich liebt.

Und hinter Weh und Trauern
Einsamsein und Kauern
in einer kalten Welt

Ist Gott, der vor dem Garten
mich eine Weil lässt warten,
bis ihm mein Herz gefällt.

Einer, der mich liebt

In jedem seelsorgerlichen Gespräch kommen früher oder später die Wunden zur Sprache, die uns Gott, das Leben, andere und wir selber uns geschlagen haben: Leid und Schuld. Das muss so sein, denn «Sinnfindung kann nicht ohne Wahrheit geschehen, und sie kann nicht geschehen, ohne dass die erfahrenen Grenzen: das Leiden, die Schmerzen des Lebens und die Ohnmacht der Seele zur Sprache gebracht werden» (Gisbert Greshake).

Wie und wann ein Mensch im seelsorgerlichen Gespräch an den Punkt kommt, wo sein Leid und seine Schuld zur Sprache gebracht werden können, ist sehr unterschiedlich. Es gibt Menschen, die diesen Punkt nicht oder kaum erreichen. Sie verlassen das Gespräch in der Folge ohne spürbare Veränderung, ohne Heilung und Versöhnung. Der Schmerz, der mit dem Aufdecken von Leid und Schuld verbunden ist, sitzt offenbar so tief, dass die Betroffenen lieber gleich beides ausblenden. Im Beichtstuhl hat es jemand einmal so formuliert: «Man darf ja nicht klagen.» Andere Menschen wiederum müssen erst lange von scheinbar Nebensächlichem reden, ehe der Weg frei wird, um das Leben offenzulegen, so, wie es nun einmal ist. Auch das ist verständlich: Das Leben zur Sprache bringen setzt voraus, dass wir uns schutzlos machen, dass wir die Verteidigungsstrategien, die wir im Alltag so erfolgreich einsetzen, beiseite legen. Das ist immer mit Unsicherheit und Angst verbunden.

Weshalb tun wir uns so schwer damit, Leid und Schuld vor Gott, vor uns selbst, vor anderen zur Sprache zu bringen? Wir sind offenbar der Ansicht, dass Leid und Schuld – ähnlich wie Krankheit und Tod – unser Leben disqualifizieren und deshalb eigentlich gar nicht sein dürften. Denn Leid und Schuld, Krankheit und Tod zeigen uns mit unübersehbarer Deutlichkeit, dass wir so gar nicht dem angeblich glücklichen Idealmenschen entsprechen, der uns in der Werbung überall entgegenlächelt.

Das Schönste, was im seelsorgerlichen Gespräch möglich werden kann, ist die Erfahrung, dass genau das Gegenteil wahr ist. Wenn unser Leid und unsere Schuld endlich einmal zur Sprache gebracht werden, können wir staunend die Erfahrung machen, dass wir trotzdem liebenswert sind. Diese Erfahrung bedeutet echte Erlösung, wahre Heilung und Versöhnung. Es ist die Erfahrung von Gottes Barmherzigkeit. Es ist die Erfahrung, dass tatsächlich hinter allen Dingen, die scheinbar nicht gelingen, einer ist, der mich liebt.

P. Patrick Weisser OSB

Es singt in mir

Es singt in mir
mein Herz zu dir,
mein Gott, ich muss dich preisen.
    Du hast auf deine Magd gesehn.
    Was du gesagt hast, ist geschehn
    nach deinem heil'gen Willen.

Es singt in mir
mein Herz zu dir,
mein Gott, ich muss dich preisen.
    Die Stolzen fegst du weg vom Thron.
    Den Armen schenkst du Lieb und Lohn,
    die ihren Hunger stillen.

Es singt in mir
mein Herz zu dir,
mein Gott, ich muss dich preisen.
    Dein Segen über Abraham
    auf mich, das arme Mädchen, kam.
    Nun wird er sich erfüllen.

(Gesamtausgabe VIII, S. 126)

Freude an Gott und an seinen Gaben

Das erste Geschenk, das Gott uns machte, sind wir selbst. Jeder Mensch ist Geschenk Gottes. Wir gehören Gott. Mit den Gaben, die er in uns legte, sollen wir ihm dienen. Vorbild ist uns Maria. Ihr ganzes Leben ist ein einziges Ja zu Gott. Der Lobgesang der Muttergottes (Magnificat) ist ein Übersprudeln der Freude an Gott und seiner Liebe zu uns. Im kirchlichen Stundengebet wird der Text jeden Tag im Abendgebet gesungen oder gesprochen.

Sr. Hedwig lässt sich in ihren Werken vor allem vom Wort Gottes inspirieren. Ein Text, den sie – wie alle Ordensleute – täglich betet, ist das Magnificat. Mit der Gabe der Sprache, die Gott Silja Walter anvertraut hat, hat sie mehrere Magnificat-Verdichtungen geschrieben. Besonders berührt mich das Gedicht «Es singt in mir».

Immer, wenn ich «Es singt in mir» bete, werde ich in die Freude an Gott und an seinen Gaben hineingenommen. Über dieses Gedicht muss man nicht viel schreiben. Wenn man es laut spricht und meditiert, bekommt die Freude an Gott und an den Gaben, die er in uns legte, eine Sprache.

Bereits die ersten zwei Zeilen, die den Refrain bilden, geben die Stimmung des Magnificat in großartiger Weise wieder. Diese Worte fallen mir oft spontan ein, wenn ich Gottes Gegenwart in meinem Leben erfahren darf:

> Es singt in mir
> mein Herz zu dir,
> mein Gott, ich muss dich preisen.

Typisch Silja Walter: Durchtränkt von Heiliger Schrift; kein Wort zuviel; der Rhythmus reißt mit; die Sprache gehoben und doch einfach und klar.

Abt Martin Werlen OSB

Du Wort

Du Wort, das der Vater spricht,
behältst deine Gottheit nicht
als Beute und Raub,
du springst in den Staub: Du Leben, du Licht
wirst Mensch, der zerbricht,
da fließen die lebenspendenden Wasser
des Heils.
Halleluja.

Herr, gib uns zu trinken davon.
Dein Wort ist nicht irgendein Ton.
Er dringt in uns ein
wie Feuer, wie Wein.
Wer glaubt, der hat schon
das Leben im Sohn,
dem Urquell der lebenspendenden Wasser
des Heils.
Halleluja.

Du Wort des Herrn bist ein Schwert,
das Sehne und Mark durchfährt
und Wahrheit heißt
und Macht ist und Geist,
das ewig währt
und uns verklärt
in der Kraft der lebenspendenden Wasser
des Heils.
Halleluja.

(Gesamtausgabe X, S. 525)

Leben spendendes Wasser

Beim Stundengebet ist es immer eine besondere Freude, Hymnen von Sr. Silja Walter zu begegnen. Dem Auge des Herzens eröffnet sich ein ganzer Regenbogen an Bildern. Das Herz darf ausruhen, schauen und sich freuen. So möchte ich mich niedersetzen und den Hymnus meditieren, der in die Mittwochsvigil des deutschen Monastischen Stundenbuchs Eingang gefunden hat.

Die erste Strophe greift den Hymnus des 2. Kapitels des Paulusbriefs an die Philipper auf. Der Gottessohn, das Wort, das von Anbeginn am Herzen des Vaters ruht, wird Mensch, «springt in den Staub». Ein ungeheuerlicher Vorgang, dieser Mut, nicht nur langsam in die Welt herabzusteigen, nein, in sie, die Unvollkommenheit, die Vergänglichkeit, den Schmutz der Sünde hineinzuspringen, in das Gegenteil von dem, was Gott ist, und doch aus seiner Hand kommt. Es ist die Liebe, die eine staubige Welt wieder zu sich holen möchte. Sr. Silja führt den Paulus-Hymnus weiter: Am Kreuz bricht aus der Seite Christi Blut und Wasser hervor. Brechen ist ein grausamer Vorgang. Jesus aber bricht auf wie eine Knospe, die neues Leben frei setzt. In das Dunkel der Welt kommt Licht und Leben von dem, der selbst ganz Licht und Leben ist.

Dieses Wasser, schon bei der Hochzeit zu Kana zu Wein geworden, ist das Wasser des Lebens, das wir in der Eucharistie unter der Gestalt des Weines trinken. Es dringt in uns ein und wird zur sprudelnden Quelle, deren Wasser uns ewiges Leben schenkt (Joh 4,14). Mehr noch: Wer an Christus glaubt, aus dem werden ebenfalls Ströme von lebendigem Wasser quellen (Joh 7,38), für sich und für andere.

In diesem klaren Wasser erkennen wir die Wahrheit. Nichts kann sie trüben, diese Wahrheit. Sie kann sehr wohl schmerzen. Denn wir sehen darin, wer wir wirklich sind, wie die Welt um uns aussieht. Und doch ist es gleichzeitig das reinigende Wasser, das zum Heil uns führt. Der Halleluja-Ruf hinter jeder Strophe ist die Freude über dieses Geschenk des Heils. Es ist der Ruf, der als Antwort aus uns herausbricht; er ist ein Aufbrechen nicht in die irdische Welt hinein, sondern in Gott.

Mein Auge wandert zurück, ich murmle immer wieder die Worte, sie sind wie das lebenspendende Wasser: unerschöpflich. Immer neuer Reichtum bricht hervor. Mit der Frau am Jakobsbrunnen möchte ich bitten: Herr, gib mir dieses Wasser und stille meinen Durst, meinen Durst nach Unendlichkeit, meinen Durst nach Dir.

Abtprimas Notker Wolf OSB

Der Herztrommler Gottes

Gott sprach nicht: «Es werde», er sang es. Und sein Wort, das er sang, sang alle Dinge hervor aus dem Nichts, und sie sangen gleich, sprangen heraus und sangen. Und sie sangen nicht nur, sie fielen auch gleich in Tanz, denn das Herz Gottes pochte in ihnen seinen Rhythmus und Takt, und da tanzte die Schöpfung seit ihrer Geburt: die Winde und die Wasser, die Sterne und die Steine, die Fische und die Vögel, die Engel und die Menschen sangen vor Freude, dass sie waren, und tanzten dazu im heimlichen Pochen der Herztrommel Gottes.

Aber dann geschah es, dass ein Engel, dass ein Mensch nicht mehr tanzen wollte in der vollendeten Ordnung des Kosmos vor ihrem Schöpfer. Er wollte selbst dirigieren, seinen eigenen Takt geben und eine wunderbar spielende, tanzende Ordnung in Griff nehmen für seine Zwecke. Und dieser Mensch sprang heraus aus dem großen Tanz und erklärte: «Ich mach nicht mehr mit.» ...

Der Aufruhrmensch aber stand nun plötzlich irgendwo draußen, im Nirgendwo stand er, und das Tanzlied in seinem Herzen und Leib war weg, und so sehr er sich auch besann und besann, er verstand nicht mehr vom Ganzen, und was er fortan auch immer tat und vollbrachte, es war eine Last, eine Mühsal, er schwitzte und fluchte und fand sich nicht mehr und nirgends zurecht. Und er war doch der Herr der Schöpfung, ihre Krone gewesen, so hatte der Schöpfer es selber bestimmt.

Das Schlimme war aber, der Erde stockte der Atem beim Hereinbrechen des Unheils über den Menschen. Sie fiel heraus aus dem Reigen, dem Rhythmus, worin sie schwebte, sich drehte und sang zuvor, und das «Nein» des Menschen warf den Aufruhr in alles hinein. Das singende, schwingende Leben in Freiheit und Fröhlichkeit all die Zeiten dahin, war vorbei. Das Leben war nun zum Totentanz geworden. Das war es nun für Menschen und Dinge und Tiere, nichts weiter.

Aber dann kam der Tag, wo Gott das nicht mehr mitansehen konnte. Und er begann noch einmal zu singen: «Es werde.» Aber dieses Wort aus seinem Mund, aus Gottes ewigem Mund war diesmal er selber, als sein Sohn ging es hervor ...

Als er starb, zog er alle mit sich, an sich, am Kreuz, an sein Herz. Und seit er auferstanden ist aus dem Tod, dieser Herztrommler Gottes, Christus, reißt er sanft wieder die ganze Schöpfung ins Hochzeitsfest, das der Vater mit ihr wieder feiert, und wir sind alle dabei.

(Gesamtausgabe VI, S. 444–447)

Singen und Tanzen

Liebe Schwester Hedwig

Vor mehr als zwanzig Jahren sind wir uns zum ersten Mal begegnet. Ich saß damals mit den «Regenbogenfrauen» von Würenlos im Riegelhaus des Klosters Fahr und hörte zu, zuerst andächtig, und dann immer mehr von der Leichtigkeit und der tänzerischen Anmut der Vorleserin Silja Walter fasziniert.

Und so geht es mir noch heute bei jeder Begegnung mit dir: Leichtigkeit, tänzerische Anmut umgibt dich noch immer. Eine Leichtigkeit, die aber nichts zu tun hat mit Oberflächlichkeit oder Flatterhaftigkeit; es ist eine Leichtigkeit, die gut tut, zum Himmel weist und die irdische Schwere etwas vergessen lässt.

Der Text, den ich ausgelesen habe, passt zu all unseren Begegnungen. Er drückt aus, was ich an dir so schätze: «Singend und tanzend wurde die Welt erschaffen, die ganze Schöpfung tanzt und singt im heimlichen Pochen der Herztrommel Gottes.» Kann man die Schöpfung noch schöner beschreiben? Es wird einem leicht ums Herz.

Und da kommt der Mensch, der nicht mittanzen will; darauf spürt er die Last und Mühsal des Lebens und versteht die Welt nicht mehr. Die ganze Welt wird ins Unheil gerissen. Das zeigt mir, dass auch du schmerzliche Erfahrungen machen musstest.

«Aber dann kam der Tag, wo Gott das nicht mehr mitansehen konnte.» Wie tröstlich, einfach, leicht und klar ist dieses Gottvertrauen. Gott kann dieses Elend nicht mehr mitansehen, er hat Erbarmen. Das ist die Rettung, Erbarmen Gottes, Erbarmen der Menschen. So kann die Welt gerettet werden.

Und nun tanzt der Sohn Gottes auf Erden, alles scheint gut zu werden. Aber er kommt nicht an, wird von den meisten nicht verstanden. Können wir uns vorstellen, wie er heute in den Medien zerrissen würde?

Aber dein Text endet anders. Christus reißt nach der Auferstehung sanft die ganze Schöpfung wieder zum Singen und Tanzen, er lädt ein zur Hochzeitsfeier mit Gott. Sanft reißen heißt für mich: Es bleibt keine andere Wahl, als mitzumachen und sich dabei sanft geborgen zu fühlen.

Liebe Schwester Hedwig, dieser Text ist nur einer von vielen, die du uns geschenkt hast. Für mich ist er einer der eindrücklichsten. Er zeigt dein Wesen und deinen Glauben. Ich danke dir von ganzem Herzen.

Möge Gott dich weiterhin singend, tanzend und sanft begleiten!

Deine

Verena Zehnder

Münsterturm in Freiburg

Münsterturm
steinerner Stoß
aus der Stadt
zu Gott

Wohin sonst?

Bohrturm
in den Glühkern
der Erde
der Menschheit Christi;
ungeheuer
und doch
wie durchbrochene Seide
aus Steinen
gestickt
trägt er Feuer
in sich:
brennender Lobpreis
von Morgen zu Morgen

Feuerwein
des Durchbohrten
auf seinem Altar
gießt sich aus
in die Stadt

Wohin sonst?

Eingehen
Hineingehen
und angezündet, brennenden Herzens
wieder nach Hause

Silja Walter/Sr. Maria Hedwig zum 90. Geburtstag

Es braucht sie, die Menschen am «Rande der Stadt», die wachsam sind und Gott erwarten, wenn er kommt. Es braucht sie, die Orte und Zeichen mitten in der Stadt, die unaufdringlich, aber unmissverständlich darauf aufmerksam machen: Gott ist mitten unter uns. Davon spricht der Münsterturm zu Freiburg. Wie ein überdimensionaler Finger zeigt er zum Himmel, öffnet unseren menschlichen, oft so innerweltlichen Horizont hin in die Weite Gottes. Es braucht ihn, den Fingerzeig zwischen all den Hochglanzfassaden und Tiefpreiswerbeflächen. Dieser Fingerzeig ist zugleich der Bohrturm, der die wahre Energie für unser Leben und Zusammenleben zu Tage fördert: Glaube, Hoffnung und Liebe. Es braucht sie, diese Kraft des Geistes Gottes, damit wir mitten in der Stadt Zeugnis geben von Christus – für ihn, der für uns gestorben ist! Es braucht Menschen, die hineingehen ins Haus Gottes und brennenden Herzens wieder hinausgehen, um hier und heute Christus nachzufolgen und den Menschen nahe zu sein, gerade auch denen am Rande – am Rande des Wohlstands und auf den Abstellgleisen der Gesellschaft.

Erzbischof Robert Zollitsch

Autorinnen und Autoren

Altwegg Leni (*1924); Studium der Theologie; 23 Jahre Gemeindepfarramt in Schlieren und Adliswil, daneben Vorstand des Evangelischen Frauenbundes der Schweiz, Weltgebettagskomitee, Mitarbeit in diversen ökumenischen Programmen, beim Rundfunk u. a.; intensives Engagement in der Anti-Apartheid-Bewegung; Zusammenarbeit mit Silja Walter in: «Ich spielte vor dir auf dem Erdenrund» und «Du würdest mich nicht suchen … wenn ich dich nicht schon gefunden hätte»; reformierte Pfarrerin im Ruhestand, Mitarbeit in diversen Gremien.

Appold Uwe (*1942 in Wilhelmshaven); Bildhauerlehre und Ausbildung an der Werkkunstschule in Flensburg; 1975 Stipendium des Landes Schleswig-Holstein für die Cité des Arts in Paris und weitere Stipendien; 1980 Kulturpreis seiner Heimatstadt. Gestaltungen von Kirchräumen, Schulen, Betrieben, Banken und Plätzen; Themen: Prometheus, Perceval, Golgatha, Elia, Apokalypse, Ego Eimi, Missa; Annäherungen an Texte von Rilke, Nelly Sachs, Paul Celan, Dag Hammarskjöld, Dante und Sophokles, Odyssee; Begegnung mit Silja zum Weltjugendtag 2005: Poetische Texte und Malerei vereinigten sich zu einer großen Feier des göttlichen Geschehens in der Bunkerkirche in Düsseldorf.

Bättig Joseph (*1935 in Luzern); Studium der Germanistik, Geschichte, Kunstgeschichte und Musikwissenschaften an den Universitäten Fribourg und Zürich; 1962 Promotion zum Dr. phil.; Seit 1965 freier Mitarbeiter an verschiedenen Zeitungen mit zahlreichen Beiträgen zu Themen der modernen deutschsprachigen Literatur; bis 2000 Lehrer an der Kantonsschule Schwyz in den Fächern Deutsch, Geschichte, Kunstgeschichte, Sozialethik und Religion. Seit 1999 Dozent an der Senioren-Universität Luzern; vielfältige Vortragstätigkeit; 1998 Kulturpreis des Kantons Schwyz; «Grenzfall Literatur – oder die Sinnfrage in der modernen Schweizerliteratur» u. a.

Benyoëtz Elazar (*1937 in Wiener Neustadt); lebt seit 1939 in Israel, ist hebräischer Lyriker und deutscher Aphoristiker; 1988 Adelbert-von-Chamisso-Preis, 1997 Bundesverdienstkreuz, 2002 Joseph-Breitbach-Preis der Akademie der Wissenschaften und der Literatur (Mainz); seit 2003 korrespondierendes Mitglied der Deutschen Akademie für Sprache und Dichtung, Darmstadt; 2008 Österreichisches Ehrenkreuz 1. Klasse für Wissenschaft und Kunst; 2009 Beginn der Wiener Edition seiner Werke.

Hauptwerke: Treffpunkt Scheideweg; Brüderlichkeit. Das älteste Spiel mit dem Feuer; Die Zukunft sitzt uns im Nacken. Allerwegsdahin. Mein Weg als Jude und Israeli ins Deutsche; Finden macht das Suchen leichter; Die Eselin Bileams und Kohelets Hund; Der Mensch besteht von Fall zu Fall.

Brunold Ines (*1932); Malerin. Aufträge am Bau im In- und Ausland: Farbfenster, Fassaden- und Wandbilder, Mosaike, Sgraffiti; Gesamtgestaltung: Kapelle, Chur; Ausstellung: 83 Bilder zur Johannes-Offenbarung, Basel; Religiöse Bilder-Zyklen zu Gottesdiensten: In Ostschweiz, Basel, Dornach, Greifensee; Bildband: «Mit den Augen einer Malerin – Offenbarung des Johannes»; Dias: Impuls-Studio, München; Tuschzeichnungen und Farbumschlag zu: Silja Walter, «Mein Gebetbuch».

Buff Peter (*1947); Studium der Wirtschaftswissenschaften an der Universität Zürich; Lic. oec. Publ; 15 Jahre Tätigkeit in der Privatwirtschaft; seit über 20 Jahren Berufsschullehrer; seit 1984 Verleger im selbst gegründeten Jordan-Verlag; verheiratet, Vater von vier Kindern.

Cadotsch Anton (*1923 in Grenchen); Philosophische und Theologische Studien in Genf, Luzern, Rom und Paris; 1950 Priesterweihe im Collegium Germanicum; Dissertation am Institut Catholique in Paris über «Die Kindertaufe bei Luther und Zwingli und die Anfänge des Täufertums»; 1957–1959 Subregens im Priesterseminar in Luzern; 1976–1983 Sekretär der Schweizer Bischofskonferenz; 1983–1996 Generalvikar des Bistums Basel; 1983–2000 Domherr; 1993–2000 Dompropst; seit 2001 Ehrendomherr.

Eggenschwiler Ernst (*1937 in Mümliswil); Studium der Theologie in Luzern, Rom, München. Priesterweihe 1965. Seelsorgetätigkeit als Vikar in Interlaken und Lenzburg. Pfarrer in Dornach 1978–2004. Seit 2004 priesterlicher Mitarbeiter im Seelsorgeverband Dornach-Gempen-Hochwald. Nebenbeschäftigungen: Sammeln von Silja Walter-Büchern und -Dokumenten, Alphornspielen.

Eichmann-Leutenegger Beatrice lic. phil. I (*1945 in Schwyz); Studium der Germanistik und Kunstgeschichte in Bern und Zürich; Literaturkritikerin, Autorin und Referentin (Schwerpunkt: deutsch-jüdische Literatur), wohnhaft in Muri bei Bern.

Flury Theo OSB, Priester und Mönch der Benediktinerabtei Einsiedeln; Stiftsorganist; Unterricht an der Theologischen Schule Einsiedeln, an der Musikhochschule Luzern und am Päpstlichen Institut für Kirchenmusik in

Rom. Weitere Schwerpunkte: Konzerte, Einspielungen und Kurse; Kompositionen vorwiegend kirchenmusikalischer Werke für verschiedene Besetzungen.

Gassmann Irene OSB (*23. April 1965); aufgewachsen auf einem Bauernhof im luzernischen Dagmersellen. Nach dem Besuch der Bäuerinnenschule Kloster Fahr trat sie im November 1986 in das Benediktinerinnenkloster Fahr ein. Von 1989 bis 1993 besuchte sie das Hauswirtschaftslehrerinnenseminar in Baldegg. Ab 1993 bis zu ihrer Wahl als Priorin leitete sie die klostereigene Bäuerinnenschule. Seit 2003 ist sie Priorin des Klosters Fahr.

Geiger-Pagels Ruth, mit 12 Jahren als gebürtige Berlinerin zum dortigen Kinderfunk, später Jugendfunk; mit 20 Jahren Konversion zum Katholizismus, mit 21 Jahren stolze «jüngste Hörfunk-Reporterin» Berlins; nach 53 Jahren als Reporterin und Redakteurin in Funk und Fernsehen seit 2005 im Ruhestand; Oblatin der Benediktinerabtei Einsiedeln.

Greber Silja, Ordensfrau der Gemeinschaft der Schwestern von Menzingen; in Winterthur geboren, durchlief sie eine Ausbildung zur Medizinerin, arbeitete als Fachärztin für Chirurgie, später für Psychiatrie/Psychotherapie im In- und Ausland. Im jetzigen Ruhestand engagiert sie sich in Zürich bei verschiedenen Projekten der Freiwilligen-Arbeit.

Glutz Philipp, Sohn von Friedrich Glutz (Cousin von Silja Walter); übernahm in den frühen neunziger Jahren das Walter-Glutz Landhaus in Rickenbach von Silja Walters Schwestern, in dem er mit seiner Frau Susanna Glutz und den beiden Kindern Joel und Giulia lebt. Von dort blickt er täglich zum «alten Haus» und zum «Wolkenbaum» hinüber; Tätigkeit: Visuelle Kommunikation Glutz AG.

Grzywacz Malgorzata, Dr phil., Kulturhistorikerin und Germanistin, wissenschaftliche Mitarbeiterin der Adam-Mickiewicz Universität in Poznan (Posen/Polen), Mitbegründerin des interdisziplinären Edith-Stein-Forschungszentrums der Universität. Ständige Mitarbeiter des Instituts für Spiritualität der Warschauer Provinz der Unbeschuhten Karmeliten (OCD). Forschungsschwerpunkte: Geschichte und Gegenwart des Protestantismus in Mittel- und Osteuropa, Edith Steins Leben und Werk, Frauen und die Erfahrung des Christentums. Seit 2000 widmet sie sich auch der Erforschung und Verbreitung des Werkes von Silja Walter in Polen und im Ausland. Zahlreiche Veröffentlichungen, internationale Forschungs- und Lehrtätigkeit.

Haefely Josef C. (*1959); aufgewachsen und wohnhaft in Mümliswil, arbeitet als Zeichen- und Werklehrer an der Bezirksschule Frohheim in Olten. Daneben engagiert er sich für die regionale Geschichte des Guldentals, in der Kulturvermittlung des Museums «Haarundkamm» und als Organist. Über seine Walter- und Glutz-Vorfahren gehört er zum weiteren Verwandtenkreis der Autorin.

Hafner Maria (*1923); lebt und arbeitet als Malerin in Zug; Teilstudium der Germanistik an der Universität Freiburg/CH; Hochschule für Gestaltung und Kunst, Luzern; Studienaufenthalte in London, USA, Israel/Palästina. Verschiedene Bildzyklen zu spirituellen und biblischen Themen (Altes und Neues Testament); Einzelausstellungen; Werke im öffentlichen Raum; Bilder zum Kreuzweg in der Einsiedelei St. Verena, Solothurn; Tätigkeit in der Erwachsenenbildung (Bildmeditation, Malen); Herausgabe von Bildmappen und Büchern; Zusammenarbeit mit Musikern und Autoren, u. a. mit Silja Walter und Carl Rütti für das Oratorium «Verena die Quelle»; Anerkennungspreis des Kantons Zug 1993.

Hahne Werner (*1945); in Frankfurt am Main aufgewachsen. Studium in Trier, Münster, Freiburg im Breisgau und Bonn. Priesterweihe 1975; Hauptschriftleiter der Zeitschrift GOTTESDIENST 1978–1984; Dissertation 1989 in Freiburg im Breisgau; Habilitation 1998 in Bonn; seither Privatdozent für Liturgiewissenschaft und freiberuflicher Theologe; Priester im Bistum Basel seit 1983.

Häußling Angelus A. OSB (*1932); 1951 Eintritt in die Abtei Maria Laach, 1953 Profess, 1958 Priesterweihe. Dr. theol., Dr. theol. h.c., em. Professor für Liturgiewissenschaft und Sakramententheologie an der Philosophisch-Theologischen Hochschule – Theologische Fakultät – der Salesianer Don Boscos in Benediktbeuern (Oberbayern); langjähriger Herausgeber des «Archiv für Liturgiewissenschaft».

Huber-Staffelbach Margrit (*1933 in Luzern); Schulen und Maturität in Luzern; luzernisches Sekundarlehramtspatent; lebt seit 1962 in Wettingen; Literatur-Rezensentin im «Vaterland»; Übersetzerin welscher Literatur (Werke von C. F. Ramuz, Jean-Pierre Monnier, Jeanne Hersch); Redaktorin der ökumenischen Frauenzeitschrift «Schritte ins Offene». Mitarbeit bei der Gesamtausgabe Silja Walters.

Hürlimann Christoph (*1938); war 1964–1987 reformierter Pfarrer der Kirchgemeinde Kappel am Albis. In diese Zeit fiel der Aufbau des dortigen «Hauses der Stille und Besinnung». Von 1988 bis 1997 war Hürlimann dessen Leiter. Die Suche nach tragender Spiritualität, insbesondere die Gestaltung des Tagzeitengebetes, bestimmte und bestimmt seinen Weg – gemeinsam mit seiner Frau Rosmarianne. Der «Tanz des Gehorsams» von Silja Walter begleitete ihn dabei als entscheidendes Element.

Jäger-Trees Corinna, Dr. phil. hist.; Studium der deutschen und italienischen Literatur in Bern, Florenz, München und den USA. Promotion über Hugo von Hofmannsthal; seit 1991 Wissenschaftliche Mitarbeiterin am Schweizerischen Literaturarchiv in Bern; Kuratorin u. a. des Archivs Silja Walter und des Nachlasses Otto F. Walter, außerdem verantwortlich für das Veranstaltungsprogramm des Schweizerischen Literaturarchivs; Publikationen in Sammelbänden und Zeitschriften, Vorträge und Kurse zur deutschsprachigen Literatur der Schweiz

Janda Gunter (*1933); kath. Priester, zuerst Bergarbeiterseelsorger, dann Schüler- und Studentenseelsorger, zugleich Lehrer für kath. Religion an höheren Schulen. 1973–1997 Professor für Religionspädagogik und Studentenseelsorger an der Pädagogischen Hochschule der Diözese Linz; seither Leiter eines Besinnungshauses der Kreuzschwestern in Kematen am Innbach.

Karrer Leo (*1937); Studium der Philosophie, Theologie und Psychologie in Wien, Chicago, München und Münster. Habilitation für Pastoraltheologie in Münster. Lehrer am Gymnasium Marienburg (Rheineck), Assistent von Karl Rahner (Münster), Mentor der in Münster studierenden Laientheologen/innen und Referent für Pastoralreferenten im Bistum, Bischöflicher Personalassistent im Bistum Basel und Professor für Pastoraltheologie an der Universität Freiburg/Schweiz. Vorsitzender der Internationalen Pastoraltheologen/innen-Konferenz (1993–2001) und Präsident der Europäischen Gesellschaft für Katholische Theologie (2001–2004).

Kelter Christian (*1969 in Ahrweiler/Deutschland). Nach einer Ausbildung zum Bankkaufmann: Studium der Theologie und Philosophie in Bonn und Innsbruck. Anschließend Tätigkeiten bei der Caritas Mecklenburg und beim Familienbund der Katholiken in Berlin. Ab 2000 Pastoralassistent und Pfarreileiter in Tafers/FR. Seit 2005 Pfarreileiter in Hünenberg /ZG. Christian Kelter ist Ständiger Diakon und lebt mit seiner Frau und zwei Kindern in Hünenberg/ZG.

Klöckener Martin, Prof. Dr. theol. (*1955 in Neheim-Hüsten, Sauerland); Studium der Philosophie, Theologie, Latinistik und Pädagogik in Paderborn,

Würzburg, Bielefeld; wissenschaftliche Mitarbeiterstellen in Liturgiewissenschaft und Latinistik; 1989–1994 Wissenschaftlicher Rat und Leiter der Bibliothek des Deutschen Liturgischen Instituts, Trier; seit 1994 ordentlicher Professor auf dem zweisprachigen Lehrstuhl für Liturgiewissenschaft an der Universität Freiburg/Schweiz. Mitglied in vielen wissenschaftlichen und kirchlichen Kommissionen; Autor und Herausgeber zahlreicher Publikationen, u. a. Hauptherausgeber des «Archiv für Liturgiewissenschaft», des «Spicilegium Friburgense» und des Handbuchs der Liturgiewissenschaft «Gottesdienst der Kirche», Mitherausgeber des «Augustinus-Lexikon».

Koch Kurt, Prof. Dr. theol. (*1950); Studium der kath. Theologie in Luzern und München. Priesterweihe 1982; 1989–1996 ordentlicher Professor für Dogmatik und Liturgiewissenschaft an der Theologischen Fakultät der Universität Luzern und Professor für ökumenische Theologie am Katechetischen Institut. Seit 1996 Bischof des Bistums Basel. Seit 2002 Mitglied des päpstlichen Einheitsrates. Seit 2007 Präsident der Schweizer Bischofskonferenz.

Kramer Toni (*1947); studierte Germanistik und Philosophie in Zürich. Dissertation bei Professor Wolfgang Binder über das Menschenbild im Werk Silja Walters. Er ist verheiratet, hat vier erwachsene Söhne und unterrichtet an der Kantonsschule Olten Deutsch, Ethik und Philosophie.

Ledergerber-Walter Elisabeth (*1926); jüngste Schwester von Silja Walter. Hat fünf Kinder großgezogen und ihren Mann in der Führung einer Arztpraxis unterstützt; Ausbildung zur Trainerin für Autogenes Training; heute genießt sie als Großmutter und Urgroßmutter ihre große Familie; wohnt in Aarau.

Langenhorst Georg, Prof. Dr. theol. habil. (*1962); Professor für Didaktik des Katholischen Religionsunterrichts und Religionspädagogik an der Katholisch-Theologischen Fakultät der Universität Augsburg; zahlreiche Veröffentlichungen vor allem im Grenzbereich von Theologie und Literatur, zuletzt: «Ich gönne mir das Wort Gott». Annäherungen an Gott in der Gegenwartsliteratur (Herder: Freiburg/Basel/Wien 2009).

Ochmann Ruth OSB (*1958); Studium der Kath. Theologie in Würzburg und Freiburg/CH; 1981 Eintritt in die Benediktinerinnenabtei Varensell; Studium der Gregorianik in Essen, seit 1989 Chor- und Scholaleiterin, Mitarbeit in verschiedenen klösterlichen Bereichen, zurzeit in der Paramentenwerkstatt.

Pfiffner Ernst (*1922 in Mosnang/SG); humanistische Studien in Engelberg und Disentis; vier Semester Theologiestudium in Freiburg/CH. Musikalische Ausbildung in Einsiedeln, Rom, Basel, Regensburg und Paris. Kompositionsunterricht bei Nadia Boulanger, Willy Burkhard und Robert Suter. 1950–1987 Chorleiter, Organist und Kantor in Basel (St. Michael, 1952–1957 zusätzlich in Allerheiligen). 1960–1970 Redaktor der kath. Kirchenmusikzeitschrift und Mitarbeiter am 1966 erschienenen Kirchengesangbuch. 1967–1987 Direktor der damaligen «Akademie für Schul- und Kirchenmusik» in Luzern. Der Wohnsitz ist seit 1948 Basel. Das kompositorische Schaffen umfasst gottesdienstliche Literatur, geistliche und weltliche Kammermusik.

Revelly André, seit 1971 Leiter des THEATER 58. Ausbildung zum Schauspieler und Regisseur an der Schauspielakademie Zürich. Regiekurse an der Uni München. Als Schauspieler tätig am Stadttheater Luzern. Regiearbeiten am THEATER 58 (über 40 Inszenierungen), am Theater 46, Lübeck, am Schauspielstudio Iserlohn u. a. Größte Erfolge: «Der Kleine Prinz» (Saint-Exupéry), «Der Alchimist» (Paulo Coelho), «Monsieur de Pourceaugnac» (Molière), «Der Erstgeborene» (Christopher Fry), «Die Gerechten» (Camus) u. a., Uraufführungen von sechs Werken der Autorin Silja Walter.

Röthlisberger Max (*1942); Studium in Zürich: Pädagogik, neuere deutsche Literaturgeschichte, Philosophie, Theologie; Dissertation: Silja Walters Zeugnis (1977); Oberassistent am Pädagogischen Institut der Universität Zürich (bis 1982); 1981–2006 Dozent für Pädagogik in der aargauischen Lehrerinnen- und Lehrerbildung und Lehrbeauftragter für Geschichte der Pädagogik an der Universität Freiburg/CH; Wohnort: Zofingen.

Rutz Paul (*1943); Studium in Fribourg und Münster Westfalen (dipl. theol.), Luzern; 1975–1978, Vikar in Olten St. Marien; 1978–1983 Missionseinsatz Bujumbura (Burundi) (Kleines Seminar Kanyosha und Priesterseminar); 1983–1998, Pfarrer von Breitenbach-Fehren-Schindelboden; 1998 Teilnahme am Studienjahr, Dormitio Abtei, Jerusalem; seit 1999 Stadtpfarrer an der Kathedrale St. Ursen Solothurn und Domherr.

Rütti Carl (*1949); aufgewachsen in Zug. Matura an der Stiftsschule Engelberg. Studium am Konservatorium Zürich. Solistendiplome in Klavier und Orgel. 1976 Studienjahr in London. Beginn der kompositorischen Tätigkeit unter dem Eindruck der englischen Chormusik. Seit 1991 intensive Zusammenarbeit mit Silja Walter: Baarer Weihnachtsoratorium (1991); Verena die Quelle (1995); Exodus-Messe (1997); Tanz des Gehorsams (1999);

Solothurner Kreuzweg (2001); Fries der Lauschenden (2003); Haus der neuen Schöpfung (2006); Kontemplation (2006). Klavierlehrer am Konservatorium Zürich, Organist in Oberägeri, Konzerttätigkeit als Pianist und Organist.

Schindler Regine, Dr. phil., Dr. theol. h. c. (*1935); Schriftstellerin; Studium der Germanistik und Geschichte in Zürich und Berlin; verheiratet seit 1959 mit dem Kirchenhistoriker Alfred Schindler. Lebensstationen in Zürich, Heidelberg, Bern, seit 1992 am Zürichsee. Regine Schindler hat neben ihrer großen Familie seit 1969 zahlreiche, vor allem religiöse Kinderbücher (Kinderbibel 1996) verfasst und wurde dafür mehrfach ausgezeichnet (u. a. kathol. Kinderbuchpreis). Sie ist seit 1990 wissenschaftlich und publizistisch in der Johanna Spyri-Forschung tätig.

Schlumpf Barbara (*1961); arbeitet seit 1986 als Regisseurin für Theater und Hörspiel. Berufsausbildungen an der Uni Zürich, der Scuola Teatro Dimitri, in Strasbergs method-acting sowie beim Schweizer Radio DRS zur Hörspiel-Regisseurin und -Dramaturgin. Diverse Inszenierungen mit der Theatergruppe Chärnehus Einsiedeln, der Commedia Adebar Uznach, Schillers Tell in Altdorf, Japanesenspiele in Schwyz, St. Galler Jubiläumsspiel 03 am Regierungsgebäude oder im Landschaftstheater Ballenberg 2008. Aktuell arbeitet sie an der Umsetzung von Annas Carnifex, dem Anna-Göldi-Festspiel 2010 in Mollis. Wohnort: Uznach.

Scholl-Walter Michèle (*1956 in Zofingen); diverse Musikstudien an der Akademie für Schul- und Kirchenmusik Luzern, Uni Bern und Konservatorium Biel; unterrichtet an diversen Schulen; zur Zeit in Ausbildung an der Ecole Romande de Musicothérapie in Genf; lebt in Lüsslingen/SO.

Schütz Christian OSB (*1938); Missionsbenediktiner und 5. Abt der Missionsbenediktinerabtei Schweiklberg in Vilshofen, Niederbayern; 1958 Profess; Studium der Theologie an der Benediktinerhochschule Sant' Anselmo in Rom, 1964 Priesterweihe; Promotion 1965 in Rom, Habilitation 1971 in Würzburg; Professor für Dogmatik und Dogmengeschichte an den Katholisch-Theologischen Fakultäten in Passau und anschließend in Regensburg; 1982–2007 Abt von Schweiklberg; bekannt durch zahlreiche Publikationen sowie durch seine langjährige Tätigkeit als spiritueller Begleiter.

Schwaller Paul (*1928); Theologiestudium am Angelicum in Rom; 1954 Priesterweihe; wirkte als Vikar, Dekan, Regionaldekan, Feldprediger, Präsident der Basler Liturgiekommission; Planer und Realisator des ersten interdiözesanen Kirchengesangbuches der Schweiz; nach der Emeritierung weiterhin seelsorglich tätig.

Staehelin-Handschin Simone (*1935); Fremdsprachenlehrerin, Pfarrfrau, Mutter zweier Töchter. Ehemaliges Mitglied der Schweizerischen Weltgebetstagkommission und der Frauenkonferenz des Schweizerischen Evangelischen Kirchenbundes. Fachfrau für Gestaltung szenischer Gottesdienste (Zusammenarbeit mit Silja Walter in: «Ich spielte vor dir auf dem Erdenrund» und «Du würdest mich nicht suchen ... wenn ich dich nicht schon gefunden hätte») und Spiele, Frauenfeiern und Tanzgottesdienste.

Suter Susanne (*1937 in Dietikon); nach kaufmännischer Ausbildung 30 Jahre im Dienstleistungssektor in leitender Stellung tätig sowie in Arztpraxen; nebenberuflich passionierte Fotografin, bekannt für symbolkräftige Aufnahmen. Diverse Ausstellungen. Nach Pensionierung Mitarbeiterin bei HELP TO HELP Worldwide in Bern (Organisation im Sinne der selbstlosen Hilfe am Mitmenschen). Seit 1992 verschiedene Engagements für Silja Walter und Kloster Fahr.

Thomas Hans (*1949 in Bad Kreuznach); studierte Katholische Theologie in Mainz und Innsbruck; seit 20 Jahren ist er Lektor im Paulusverlag, wo er seitdem auch die Werke von Silja Walter betreut. 1996–2002 Präsident der «Vereinigung des katholischen Buchhandels der Schweiz». Er wohnt mit seiner Familie am Murtensee.

Von Felten Peter (*1931); Priesterweihe 1958, wirkte als Religionslehrer, Generalsekretär des «Schweizerischen Katholischen Volksvereins» (SKVV) und Pfarrer von St. Karl in Luzern und zu St. Ursen in Solothurn. Er ist mitarbeitender Priester der Pfarrei St. Niklaus bei Solothurn.

Thomas Wallner Dr. (*1938); wohnhaft in 4515 Oberdorf; 1967 Doktorat in Geschichte, Deutscher Literatur und Staatsrecht; 1988 Rektor des Gymnasiums Solothurn; 1992–2003 Regierungsrat und Volkswirtschaftsdirektor; Verfasser mehrere Arbeiten zur Solothurner Geschichte.

Walter Franz (*1949 in Solothurn); arbeitete nach Banklehre und Lehrerseminar für einige Zeit als Entwicklungshelfer an einer Handwerkerschule in Kenia; unterrichtete während 20 Jahren an der Sekundarschule in Deitingen; seit 2000 wohnhaft in Uznach und unterrichtet am Oberstufenzentrum Buttikon SZ; schreibt Bücher (z. B. Dr Passwang-Louis), Texte für Musicals und

Kolumnen (während einiger Jahre für die «Solothurner-Zeitung», zurzeit für die «Nordostschweiz»).

Weisser Patrick OSB, P. Dr. phil, Mönch des Klosters Einsiedeln. Aufgewachsen in Heiden/AR; Besuch des Gymnasiums und Studium der Theologie in Einsiedeln; Studium der Philosophie in Rom; Lehrer für Philosophie an der Stiftsschule und an der Theologischen Schule des Klosters Einsiedeln; Seelsorger im Kloster Fahr.

Werlen Martin OSB (*1962); hat Philosophie, Theologie und Psychologie studiert; trat 1983 ins Kloster Einsiedeln ein. 2001 wurde er zum 58. Abt des Klosters Einsiedeln gewählt und ist damit auch Abt des Klosters Fahr. Er unterrichtet an der Theologischen Schule und am Gymnasium des Klosters. Mitglied der Schweizer Bischofskonferenz.

Wolf Notker OSB, Dr. phil., Abtprimas (*1940 im Allgäu); 1961 Eintritt in die Erzabtei St. Ottilien, Studien der Philosophie, Theologie und Naturwissenschaften in Rom und München. 1968 Priesterweihe, 1971-77 Professor für Naturphilosophie in Rom, 1977-2000 Erzabt von St. Ottilien und Abtpräses der Benediktinerkongregation von St. Ottilien. Seit 2000 Abtprimas des Benediktinerordens.

Zehnder-Rahm Verena; verheiratet, drei erwachsene Kinder, Betriebswirtschafterin, 20 Jahre im Gemeinderat Würenlos, davon 8 Jahre Gemeindepräsidentin (bis 2005), 8 Jahre Kirchenrätin der aarg. röm. kath. Landeskirche (bis 1994), Großrätin 2001–2003; Präsidentin Amtsvormundschaft Bezirk Baden; Vorstand Wohnen und Arbeiten Murimoos; Präsidentin Verein Alterszentrum Würenlos; Präsidentin Verein Pro Kloster Fahr.

Zollitsch Robert, Dr. theol. (*1938); Erzbischof von Freiburg; Studium der Theologie in Freiburg i. Br. und München; 1965 Priesterweihe; 1974 Promotion zum Doktor der Theologie mit einer Dissertation über «Amt und Funktion des Priesters in den ersten zwei Jahrhunderten»; 1974–1983 Direktor des Priesterseminars Collegium Borromaeum; 1983–1992 Leiter der Personalabteilung im Erzbischöflichen Ordinariat; 2003 Ernennung und Weihe zum Erzbischof von Freiburg und Metropoliten der Oberrheinischen Kirchenprovinz, seit 18. Februar 2008 Vorsitzender der Deutschen Bischofskonferenz.

Silja Walter – Biographische Daten

Silja (Cäcilia Elisabeth) Walter wurde 1919 geboren als Tochter von Otto Peter Walter-Glutz (1889–1944) und Cäcilia Maria Anna Walter-Glutz (1890–1973). Zusammen mit ihren acht Geschwistern (Maria Theresia Glutz-Walter, 1918–1988; Maria Roswitha Plancherel-Walter, 1920–2006; Ruth Maria Belser-Walter, 1921; Maria [May] Ledergerber-Walter, 1922–2001; Anna Maria Gertrud Walter, 1923–1930; Johanna Franziska Walter, 1925–1929; Margaretha Elisabeth Ledergerber-Walter, 1926; Otto Friedrich Walter, 1928–1994) erlebte sie ihre Kindheit in Rickenbach bei Olten zuerst im «alten», dann im neuen Haus *(Der Wolkenbaum. Meine Kindheit im alten Haus)*. Nach der Primarschule in Rickenbach (1926–1932) besuchte sie die Bezirksschule in Hägendorf (1932–1933), danach das Lehrerinnenseminar in Menzingen (1933–1938). Das anschließende Literaturstudium zuerst in Fribourg, später nochmals in Basel, musste wegen einer Lungenerkrankung (1939–1945) unterbrochen und abgebrochen werden. Verschiedene Sanatorienaufenthalte waren nötig (Therapieorte: Unterägeri, Montana, Leysin).

Noch während der Zeit der Erkrankung erschienen 1944 *Die ersten Gedichte,* die mit Bewunderung aufgenommen wurden. Die Gründung einer Jugendgruppe und die Mitarbeit in der Blauring-Zentrale brachten die Gelegenheit, Theaterstücke zu schreiben und aufzuführen *(Dornröschen, Das Wunder, Die Krone unserer lieben Frau im Stein)*. Ausgelöst durch eine innere Erfahrung am Schwarzsee bzw. in Randa in den Walliser Alpen im Jahr 1947 suchte sie nach einer Antwort auf ihre Frage, was Gott mit ihr vorhat. 1948 trat sie in das Benediktinerinnenpriorat Fahr ein und feierte 1952 ewige Profess.

Nach einer Zeit des Verstummens schrieb sie einzelne Aufträge (Wettinger Sternsingerspiel, Es singt die heil'ge Mitternacht, Beors Bileams Weihnacht, Die hereinbrechende Auferstehung, Sie warten auf die Stadt) und übersetzte Die Gelübde im Ordensleben. Als sie gleich nach Konzilsende für das Kirchengesangbuch ein Kirchenlied zu schreiben gebeten wurde (Eine große Stadt ersteht), ahnte sie freilich nicht, dass dem Kirchenlied noch eine Reihe von Hymnen folgen würde (Das Hymnenjahr, Hymnen im Stundenbuch) und die nachkonziliare Liturgie sie vor einige Aufgaben stellen würde (Hol mich herein; Tanz vor dem Herrn; Beim Fest des Christus; Tanz vor dem Herrn). In ihrer Erzählung von 1967 Der Fisch und Bar Abbas, fortgesetzt in Der Tanz des Gehorsams oder die Strohmatte und Die Schleuse oder Abteien aus Glas, begann sie, ihre monastische Lebensform literarisch zu deuten. In verschiedenen Werken (Ruf und Regel = Der Ruf aus dem Garten; Regel und Ring; Er pflückte sie vom Lebensbaum) thematisierte und meditierte sie ihre Erfahrungen mit der Regel St. Benedikts. Mit dem Schauspiel Jan der

Verrückte schrieb sie erstmals ein Schauspiel für Berufstheater (weitere z. B. Der Engel, Ich bin nicht mehr tot). Fast zeitgleich mit Jan entstand Frau mit Rose, ein Chronikspiel bzw. Mysterienspiel (weitere: Gesamtausgabe Band 4–5). 1982 führte sie nach längerer Schweigezeit ein Radiogespräch mit ihrem Bruder Otto F. Walter wieder zusammen (Eine Insel finden). Zahlreiche weitere Schriften entstanden.

Ihre Kindheitserinnerungen im alten Haus (Der Wolkenbaum) sind ein erster literarischer Ansatz als Teil ihrer Autobiografie. Verstärkt entwickelte sich die Gattung des literarisch-spirituellen Tagebuches, in dem sie die spirituelle Aussage mit biographischen und werkbiographischen Elementen ausgestaltete (Die Beichte im Zeichen des Fisches; Ich habe meine Insel gefunden).

Inzwischen hatte das Schweizerische Literaturarchiv Interesse gezeigt und ihr Werk in das Archiv aufgenommen. Um 1998 offerierte der Paulusverlag das Projekt einer Gesamtausgabe, das bald darauf startete. So konnte das vielschichtige, teils vergriffene Werk der klausurierten Dichterin zu einer Edition gesammelt und gesamthaft zugänglich gemacht werden. Seit 2000 sind 10 Bände erschienen.

Während ihres Sabbatjahres 1993–1994 setzte Silja Walter ihre Ideen auch mit Pastellkreiden in künstlerischem Ausdruck um. 2005 nahm sie, 86-jährig, an der Vorbereitungswoche zum Weltjugendtag in Köln teil und gestaltete mit Jugendlichen eine Werkwoche zum Thema «Missa». Vom Frühling bis Spätherbst 2008 verfasste sie ihre literarische Autobiografie.

Silja Walter ist Mitglied der Bayerischen Benediktinerakademie und Ehrenbürgerin von Rickenbach SO, Würenlos AG und Mümliswil SO.

Ulrike Wolitz

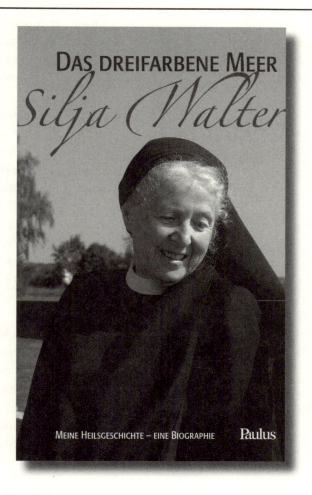

208 Seiten und 16 Seiten Schwarz/weiß-Fotos,
gebunden mit Schutzumschlag
ISBN 978-37228-0760-7

Silja Walter, die neunzigjährige Nonne und Schriftstellerin, reflektiert im vorliegenden Buch in dichter, lebendiger Sprache ihren Weg als Benediktinerin. Dabei wird deutlich: Das Leben im Kloster ist kein bequemer Sonntagsspaziergang, sondern gleicht einer anspruchsvollen Bergwanderung. Offen und ungeschminkt beschreibt Silja Walter ihre Grenzerfahrungen im Zusammenleben in der klösterlichen Gemeinschaft.